我要做中文老師

蒲葦

目錄

推薦序——尋回熱忱及夢想

蔣慧瑜

看過蒲葦老師的新書《我要做中文老師》初稿，勾起了很多求學年代的回憶。蒲葦的志願是當老師及作家，正正與我年少時的夢想一樣啊，只是我沒有當上學校老師，而是透過員工訓練及公開課程去教授知識。

細閱這書，看到蒲葦對中文的熱愛，中文老師彷彿是一位博物館的導賞員，將學生帶進中國文學的世界，透過教育去分享中文的博大精深，讓學生看到文章背後的深層意義，欣賞當中的意境、結構及修辭。記得有一次，我在一個小學的作家講座中，被同學問我為甚麼會那麼喜愛中文，回想起來，也許是受到爸爸及小學中文老師的影響吧，他們告訴我不同的成語背後的意思及典故，讓愛聽故事的我，從一個四字成語進入了一個內容豐富的故事。假如我沒有遇上幾位「導賞員」，可能我會變成一個與中文科擦身而過的學生。

細閱這書，也看到在香港當老師的無奈，文憑試中文科成了「死亡之卷」，蒲葦在書中也感嘆中文老師變成了牛頭馬面，加上務實的同學當然要想到自保，努力研究答題技巧，又哪來閒情逸致去欣賞課文內容？當然，書中還提到教育制度下當老師的無奈，還有經濟掛帥的社會氣氛，令文化藝術變得無關重要。

既然有這麼多的無奈及掙扎，為甚麼仍要高呼：「我要做中文老師」？也許是因為仍舊擁有熱忱及夢想吧，令人可以有一份堅持下去的力量，希望大家在閱讀《我要做中文老師》的同時，也尋回自己的熱忱及夢想，你的所愛可能是音樂、藝術、語文、天文、電影、烹飪、園藝、科學、資訊科技等，你也可以成為某個領域的「導賞員」，帶動別人去欣賞你的所愛，分享它背後那份博大精深與美麗。

我要做中文老師

長假期前，我為中五乙安排了中文科的家課，粗略區分，可以分成應試和非應試兩種。

應試的不必多說，非應試的包括一篇隨筆，題為〈我的中五生活〉。按照同學平日的學習表現，我順理成章，「不存厚望」，只當是一份平常不過的功課。

假期的某個下午，我泡了一壺鐵觀音，企圖讓改文這苦差變成不過是喝着茶在消遣之類的灑脱。當我百忙中偶遇遍尋不獲的閒逸，我忍不住對他説，久違了，這麼巧，二十多年前「我要做中文老師」的熱情剛好今天也突然來訪，故友相逢，泣將何及！

中五乙班的同學不止交來一份作文功課，他們還交出真誠的心，用文字坦然面對自己，等待閱讀、分享，盼望關注、鼓勵。我發現這些句子，彷彿回到中學時代：

（一）時間有腳，我也捉不住了！時間吞噬了一切，沙漏中的我們何其渺小！中學生涯很充實，時間充滿了一切，也虧空了一切，無奈但也很感謝。

（二）我確實從中找到了自己喜歡的女孩，但我亦深明中五還不是表白的時候。我和她暫且保持好朋友的關係已心滿意足，她是不是喜歡我，這些順應自然吧！

（三）桌邊堆得似山高的補充練習和試題自開學就滿佈塵埃，如今它們時時刻刻似在嘲笑我的無能和庸碌，叫人如何自處？

（四）我倚在走廊的欄杆上，仰天而望，暗自歎息，雖已在學校課室的最高一層，但還是被周圍的高樓遮擋了一部份。突然，後面有一位同學疾走而去，望着他的背影漸漸遠去，我看到了香港人不能改變的特色——急。香港人繁忙的生活，忽略了身旁的景色，事物變得沒趣……

通過文字，以一顆赤子之心，坦誠地分享青春，分享感受，使成為熱情、共鳴、互相扶持、讚頌生命的靈魂工程師，不就是當初立志成為中文老師的初心嗎？何以和現在的我漸行漸遠？當我們極重視測驗、評估、分數、升學的同時，我們似乎漸漸看不起周記、月記，而代之以一張張讓大多數人更安心的工作紙。

同學盼望得到老師的關注、諒解、鼓勵，數十年後回憶今天，師生都不會記得做過的練習，卻會為幾句適時的勉勵再三沉吟，當年弱弱的心靈，忽然受傷，陣痛無比，是時有個你很重視的人，趕緊拿個急救箱趕赴現場，傷處痛苦不減，但那心靈的慰藉，歷經風霜，始終內暖如初。

「這年代，教育這事業，尤其是中文教育，跡近不可為，必須明知其不可為而為之，非勇於承擔，願意犧牲的年輕人不可。我在你身上發現這種希望，此見人心不死。」教我預科中國文學的何福仁老師，大概不會為意，他的「人心不死」四個字對那位年輕人帶來的震撼和影響是何其巨大。

我用另一種顏色的筆，在同學的文章寫上「努力總會有回報，我們都應這樣相信」、「苦中有甜，這就是生活」、「我明白，以前的我也是這樣，且用一種適合自己的步伐過中五生活」……我要做中文老師，做一個走進心靈的中文老師。

中文科的集體回憶

中文科公開試本來有範文，好幾年前分了手，現在又復合。繞了一個圈，我們得以重遇那些未能忘懷的集體回憶。範文試題已鐵定於二〇一八年文憑試重出江湖，數十篇範文披荊斬棘，得以進入最後十二強名單的計有：

〈論仁論孝論君子〉（《論語》）、〈逍遙遊〉（《莊子》）、〈魚我所欲也章〉（《孟子》）、〈勸學〉（《荀子》）、〈廉頗藺相如列傳〉（《史記》）、〈出師表〉（諸葛亮）、〈師説〉（韓越）、〈始得西山宴遊記〉（柳宗元）、〈岳陽樓記〉（范仲淹）、〈六國論〉（蘇洵）、唐詩三首（李白《月下獨酌》、王維《山居秋暝》、杜甫《登樓》）、宋詞三首（蘇軾《念奴嬌．赤壁懷古》、辛棄疾《青玉案．元夕》、李清照《聲聲慢．秋情》）。

有多少篇似曾相識？甚至藏着一段刻骨銘心的往事？

當我們背過、捱過、考過，一定也將和以往一樣，能將眾多作者的名言金句，提煉成信手拈來的人生智慧。日後久別重逢，我們會偶然提起這些共同回憶，內則交感共鳴，外則相視一笑，這就是最好的問候。例如，你也許記得：

面對考試：「恒惴慄。」（〈始得西山宴遊記〉）

考試期間：「此誠危急存亡之秋也！」（〈出師表〉）

放榜之時：「一時多少豪傑。」（《念奴嬌》）

個人成績：「六科（國）破滅，非兵不利，戰不善。」（〈六國論〉）

老師父母：「張目叱之。」（〈廉頗藺相如列傳〉）

人生夢想：「眾裏尋他千百度，驀然回首，那人卻在燈火闌珊處。」（《青玉案》）

（以上幾句有些採自年前流傳的版本，略加修訂）

為了增加閱讀趣味，筆者自己又想了一些，不知閣下可有同感？倘有會心，何妨一起玩玩：

吃的理由：「君子不重則不威。」（〈論君子〉）
儲蓄至上：「不積小流，無以成江海。」（〈勸學〉）
為了蝸居：「暴霜露，斬荊棘，以有尺寸之地」（〈六國論〉）
生意難做：「先帝創業未半，而中道崩殂。」（〈出師表〉）
阿爺救市：「是進亦憂，退亦憂。」（〈岳陽樓記〉）
魚與熊掌：「魚，我所欲也，熊掌，亦我所欲也；二者不可得兼，舍魚而取熊掌者也。」（〈魚我所欲也章〉）
知音難求：「尋尋覓覓，冷冷清清，悽悽慘慘戚戚。」（《聲聲慢》）
寂寞宅男：「舉杯邀明月，對影成三人。」（《月下獨酌》）
自得其樂：「心凝形釋，與萬化冥合。」（〈始得西山宴遊記〉）
忘記背後：「人間如夢，一尊還酹江月。」（《念奴嬌》）
此文總結：「今子之言，大而無用，衆所同去也。」（〈逍遙遊〉）

苦中作樂，趣味自來。希望中文科不是死亡之卷，而是快樂之卷、動人之卷。

範文不只是個例

語文教育家葉聖陶說：「課文無非是個例。」此後廣為引用，短短七字，既可圈可點，亦可輕可重。輕視範文者強調「無非」一詞，重視範文者強調「是個例」，沒有例子支援，理論如何踏實？

響應教改，首先轉行三三四陣式，三年新高中課程正式於二〇〇九年九月在中四級實施。新高中中國語文科是過往的中國語文、普通話及中國語文及文化三科的重新整合，最大的改變是取消必讀必考的範文。課程框架則承接初中，包含閱讀、寫作、聆聽、說話、文學、中華文化、品德情意、思維和語文自學九大範疇。兼容並包，陳義極高。

可惜，逐漸施行卻又陸續微調，最新發展是二〇一八年的公開試將重設範文考核，佔全科大約百分之六。課文無非是個例，之前離開了，散落四周，現在重新整合，捲「分」重來，是喜是悲？值得探討。

某位曾主管中文科課程的退休要員一直強調：「範文從來沒有取消過！看，我們的篇章庫，有三百篇，連同高中，甚至有六百篇，老師可隨便採用。」套用潮語，他大概來自「堅離地城」。只要化身道旁過者，問問前線中文老師，情景便一清二楚：縱有健婦把鋤犁，禾生隴畝無東西。卷別雖多，把握欠奉，為求安心，操練至上，評核主導，師生互相勞役，疲於奔命。

結果無非是人性。反正考試不會直接出，老師教課文的時候，不少學生漠不關心，心思都花在其他可掌握的科目。這段好，是經典，大家來背默一兩段好嗎？學生頓時顯出前線才會見到的臉容，固執，坦率，主旨卻離不開「黑面」。其實我們有課文，學了便能舉一反三。「王道迂闊而莫為」，以前的一篇範文，好像有這一句。

換個場景，二〇一五年九月，中四開始了經典範文十二篇（或稱十六課，唐詩及宋詞各有三課），共讀共考，情況有了明顯的改變。例如老師名正言順教〈論仁論孝論君子〉，順勢講授孔子生平及儒家思想；

教〈逍遙遊〉，順勢探討莊子生平及道家思想；教〈師說〉，既可暢談師生相處之道，又可讀寫結合，寫師生情誼。教〈勸學〉，當然也可直接「勸學」。要考嘛，自然可以直接教授或間接延伸。

教了古文，至少也要背兩三段經典，老師忽然忘記了，座中竟有同學提出：「老師，上次那課〈出師表〉我們仍未背默。」老師臉上雖有點尷尬，但一定會為同學這個提示而有所感動。真有這種事？是的，不信你找些前線老師問問。

語文學習、文學承傳，沒有完美的法則，均之有範文與沒範文二策，我相信大部份前線中文老師都希望有範文，更希望調整其他卷別，讓範文得到應有的空間和時間，甚至是，高於百分之六的重視。

誰偷走了我的無聊時光？

越來越多學校取消一年一度的旅行日，或以更具「建設性」和「教育性」的培訓日取而代之，這篇文章，意在提出抗議。

秋季旅行日，天朗氣清，不同班別分途前往不同的旅行點，赤柱、香港仔郊野公園、南丫島、長洲、大浪灣等，好不容易多人來探，一時充滿了初高中青春的足印。隨後學生分組活動，大概分成兩類：燒烤和不燒烤。

不燒烤的同學，三三兩兩聯群結隊，幾個小時，看似無無聊聊。比如說，去赤柱就在赤柱廣場找來一間咖啡店，不由分說的佔去三兩個角落，有些趕快拿出紙牌，從稍具思考性的 UNO 到相當幼稚的衾棉胎，志在笑人和被笑。另有一些組合嫌紙牌無聊，就更無聊的拿出遊戲機，單打或者對打，到頭來，那些年的旅行日，成為彼此共同消磨的無聊時光，碎碎唸唸的藏在回憶裏。直到一天忽然有人提起，在咖啡店坐了幾個小時，一杯咖啡都沒幫襯，沒有於心不安，就只有大家糊成一團的大笑聲。

無聊的集體活動給「高尚情操」的人發現了，這可不得了！紙牌、遊戲機，不都是平日他們自己都可以玩的嗎？學生那麼無聊，要麼索性取消旅行日，回校上課；要麼請來培訓機構，度身設計一個遊戲得來極為認真的成長營，讓同學感到參加過後立即長高了一毫米。為了刺激參與的投入度，認真的計分之後，再來一個認真的「分享」，不能只說好玩與不好玩的那種。說穿了，還是競爭，如果人生真的處處是考場，我們每一個都是書呆子了。

最大的無聊，不是原始的無聊，而是用金錢及奇技淫巧軟硬兼施包裝過後仍然感到的無聊。有這麼一些人，不放過自己也不放過別人，比如說，他們認定青少年的每一天都應該加緊學習，做些「有意義」的事情。如果有人因此感到很大壓力，他們也會很認真的建議當事人參加一個「減壓課程」，總之，學習的目標，必須具體而明確。至少，要能放入校本評核吧。

無聊而來的意義，他們不懂得，而且自身反對認真的對無聊來個學習、探討。

青春做的「正經」事還不夠多嗎？平日一天上九堂，放學之後，趕補習、學樂器、練外語、談專題分工。這四種東西，一旦加大力度，就會讓人吃不消。

要減壓，最好的方法，莫過於無無聊聊的過一天，何況，無聊之時，旁邊還滿滿的坐着同伴。

共同無聊的玩着、説着、笑着、閒着，其間，無分高低，不用拔尖補底；無貴無賤，不會自大自卑。不管家中花園有無，無聊之時，最可貴的是平等的互相扶持、相與枕藉。青春的義氣，如果應該見之於自修室的共同奮鬥，也應該有一部份，留給共同擁有的無聊時光。純粹無聊，卻也是純粹的快樂，純粹的美好回憶，純粹的再也找不到的兄弟情。

何況，沒有前設的學習活動，隨時成為極佳的情意教育。設想這些同學在咖啡店待久了，偶然出來看看，說不定就能接通天地的大美，聽到萬物在呼吸。綠色的草，是有情的；深藍色的海，是有聲的；天之蒼蒼，其正色耶？甚至受了傷的一頭流浪犬，都在祈許他們的同情。

巴士站解散之後，如果還嫌不夠無聊，甚至可再到銅鑼灣的大型快餐店接續無聊，餘韻裊裊。一年一度，好不容易出現像旅行日一般的無所事事，我的同學，我們到底是徹頭徹尾的共同擁有了。

旅行日，就算是極無聊的一天，也饒富意義，願教育界一起捍衛。好不容易有的無聊日，拜託不要把它偷走吧！

這我還沒有說那些燒烤的同學，從起爐、催火、圍爐、加炭，以至分叉、燒叉、洗食物、先丸後肉、叉豬扒，甚至燒不燒給老師，甚麼時候燒甚麼給老師，沒有一樣不是學習，那屬於OLE（其他學習經歷）。

旅行日，是極為難得的排毒日，有助健全身心。誰想取消旅行日，誰就是想影響我們的健康。

排毒後，師生又充滿能量了，明天的事，明天當。

鋼琴，你是樂器嗎？

我問鋼琴，鋼琴回說：「如果我不算樂器，你也不算是人類了！」我將鋼琴的回話告知好事之「徒」，他答得更狠：「阿 sir，你不是人，是禽獸都不如。」我只好順勢維持這種後現代的師生關係，應之以：「禽獸都不如，也可以是人類的。」「好，阿 sir，你贏！」

但輸的是鋼琴。也不只一次聽教育界人士或明或暗地說：「對不起，鋼琴太多人學了，所以貴子弟申請入學時，我們不會將分數計入樂器一欄」、「總之在鋼琴以外，必須多學另一種樂器」。

鋼琴不服氣，打個比喻又問：「假如有一間學校，收生也計申請人的體育成就，不過，只計高而富，你擅長籃足手，你服不服氣？」再說，「術業有專攻」，何苦要這樣呢？

「甚麼手足口？」

「不是，我說的是籃足手，籃球足球手球。」

「這也是沒辦法的事。我們需要打造一隊富競爭性的樂團，才能在校際比賽逐鹿中原。其實呀，鋼琴風光不再了，熟知行情的人都知道，子女學樂器，現在是越冷門越好，比如說，銅管樂。」最新一期的《名校上車攻略》如是說。

「假如人人挑冷門的學，三數年之後，鋼琴豈非才是大冷門？」鋼琴彷彿看見了希望。

「目下全人教育，多元學習，我建議多學三五七種，分散投資，以備將來之需。」

「請問你是家長嗎？」鋼琴唐突地問。

「才不呢！豈敢生！你不是不知道現今的教育環境，真怕怕了！」

「我以為中國文化說，禮以發中，樂以發和。音樂之設，不是以陶冶性情、抒發性靈為初衷嗎？為了比賽獲獎而強將音樂分類，你們辦教育的，怎能讓人相信你們可以有教無類？」鋼琴禁不住大聲疾呼。

「鋼琴，你先冷靜一下。其實你的待遇已經算過得去，你看看二胡和口琴，它們的琴生要比你苦得多啊！」

鋼琴聽到這句，心倒是踏實了些，「可是？」

「可是甚麼？」

「即使我真的與另一種樂器聯手，也進不了你們這所學校？」

「為甚麼？」

「你們的報名表，問我有沒有與貴校相同的信仰，這也算了，為甚麼還要括住你們辦校的教會，似乎要告訴申請者，即使同一個上帝，也不能做到有教無類？」

「我們一向如此，一直沒有問題，也沒人提出問題。我想，即使不言明，每個辦學團體都有相同想法。」

鋼琴用木面具蓋上雪白的牙齒，不再發言了。

天涯海角，從這裏出發
——小學母校九十週年校慶有感

絕對無法忘記那一段歲月，它的不可或缺，像當年我們無法想像後來有人會主動剪去牛仔褲的一角。我們從農村來、從小城來，說潮州話或者福建話，輾轉和廣東話成為朋友。我們從業昌大廈、走到新塘酒樓，走上山道、然後是加倫台、保德街、山道公園、聖彼得（旁邊的樓梯），上到薄扶林道，七十九號B，暫時止於香港大學黃克兢樓對面。

我們不懂當年是甚麼辦學模式，對於這些，我們一無所知：直資與非直資、有沒有遊學團、教師的碩士比率、派位成績、有沒有家長日、是不是全日制……明明擺在我們面前的，很純然，那就是肯收留和願意提供教育。甚至從沒有非分的盼望，人家有的，惟我獨無？或者政府應該照顧我們之類。千盼萬盼，不過是我想讀書，我應該讀書，無法指望主宰命運，只好盼望知識能改變命運。

很多學校連一份申請表格都不願派給我們，任如何乞憐，大門還是深鎖不開，只有母校，用比校舍更大的胸襟收留我們。我寫到這裏禁不住異常的感動，多麼想把老同學都喚來，在山道公園召集，再從山道走上薄扶林道正門，且讓我們整合體力，用排走中年脂肪的鬥志對母校表示由衷的誠意：走長樓梯，不抄捷徑。

走上正門，旁邊是聖彼得學校，童年歲月，那裏像另一個世界。我們好不容易第一次去長洲，他們卻已經踏足歐洲。有一種滋味，說不上妒忌，羨慕又不夠貼切，阿Q庶幾接近。如果歡喜可以量度，我們旅行日去郊外燒烤，已經高興得難以形容，而還沒有計入校園允許的遨翔：在樟樹爺爺護蔭下站着猜皇帝，在沙池旁圍圈飲樽裝可口可樂，在大「禮」大「義」底下公平地拍貼紙、賽日曆卡，或者罰站，回望過去，居所早就是蝸居，幸有母校，「山川鍾毓，大哉潮商」，兼父母兩職，以父親寬闊的臂膀，以母親溫柔的叮嚀，提攜、懷抱及保護我們未完全發育的身體。

任我們如何用力抱緊，歲月還是滑滑的掙脱了，我們和童年越走越遠，空餘一句「景物依舊人面全非」，在默默地低吟。生活需要正能量，變一個角度，人面仍可笑對春風，景物依舊足堪讚頌。教育界風雨飄搖，偉大的母校仍然屹立薄扶林道，有教無類，供書教學，不與豪宅為類。我住西環超過三十年，對母校知之甚詳，深知母校的校董會、校監、校長、老師、工友，一路走來，莫不充滿愛心和教育使命。無論校友能飛多高多遠，又或一別經年，瞬間老大，他們都會拍一拍我們的肩膊：母校的回憶，就是愛，就是希望，只要回頭想起，你就不孤獨，不絕望。我們這一生都必將懷抱一份愛，那是母校給我們的錦囊，挫折來訪，隨時可以打開。

我轉眼步入中年，開始中年症候群，第一樣症狀是諸多後悔。例如後悔太輕易丟棄舊物，小學二年級，成績好，獎一部收音機，歡喜得扭扭擰擰，如今只能午夜夢迴，貼一則尋物啟事，空谷如果有回音，早就不是啼聲初試。俱往矣，我建議各位校友仿效古物古蹟辦事處，要保留古蹟，善待母校的紀念品。

中年症狀，第二樣是貪戀過去，自作多情。小學生嘛，幾乎指尖都沒觸碰，便以為這就是初戀。見一見，就好，同學猜度、語言曖昧，便以為這是愛情的全部，然後雙方共同認為，當年他是愛我的，就是不夠勇氣。當年？還是之後呢？誤解與曲解，恐怕餘生都難分清，也不必分清，誰叫我們在童年，在母校，在那樣的環境下相遇！老同學重聚，隔着三五道菜，衣食無憂，物質豐盈，精神呢？萬千回憶，都在心頭，暗戀與眷戀，成為人生的調色板。實在難有其他時刻，更勝此時此刻。

「試試這道菜，不要錯過，否則就像小學時你錯過我一樣！」人生不難捱，只要自作多情就能撐下去。

「哈哈哈」，兩圍人訂的房間充滿了快樂。

有人拿出小學畢業照，逐個比對。

「我有事，先走了」，比小學漂亮很多的某君想找個洞。

母校給了我們一段美好的回憶，給了我們一張畢業證書，卻不保證我們可以持續幸福。茫茫人海，各自為口奔馳，與理想捉迷藏。我們沒學琴、沒家傭傍身、沒多餘的零用，由始至終，沒有同學有八級鋼琴，有的，是十足十的人情味。

大概，母校的希望也很純粹吧，她希望，當我們想起她的一切，幸福感就永不會離我們而去。

小學同學每年重聚，來的同學，有時候多，有時候少，然而來的老師是越來越少了。沒有人刻意提，大抵去童稚日遠，越能明白人生有各種制約。

飯吃了，有些同學住東區，有些同學住西區，有些往南往北，再有一些，第二天回美國、回澳洲、回加拿大，道別是重聚無法迴避的遺憾。天涯海角，從這裏出發，共同回憶，從潮商開始。且讓珍重概括別離，在回憶中彼此探訪。明日復明日，天涯海角，也將在這裏重聚。

「天下無不散之筵席」，各位同學，記得嗎？這是小六畢業聚會，那個矮小子走出來說的，他如今改口了，說「天下也有無不重聚的筵席」。

好，母校九十歲了，讓我們約定，在開放日、在校友重聚日一起向她祝壽，祝她千歲萬歲，一切安好。

母校，我們為您自豪，您是最棒的。

一日掙扎在於晨

晨曦初現，有多少學子正掙扎上不上學？或在掙扎中上了學，卻又盼望那一課節的老師沒有來？

有一天，同事因病沒回校，我去代課，告訴學生們：「老師病了。」同學的喜悅瞬間爆發，「哇，太好了！」課室連僅餘的半分憂怨也驅走了。慰問嘛自然是免問，有的只是一臉笑意的假意作態。

我沒有把真相告知請假同事，生怕加重他的病情。當然我也能猜得到，換了我請病假，學生還是有同樣的表現，即使我教過他們好多節有關「尊師重道」、「禮義廉恥」的文化傳承。

面對他們自然流露的真性情，責罵與懲罰，又有多大作用？

「老師收了工資，就要有讓學生喜歡上課的責任，老師沒來，學生竟然更高興，這完全是老師的問題！」

老師們夜來「憂」夢，有多少個夢被這種問責聲音驚醒？

如果說掙扎不過人性，則為人師者的掙扎，是帶着一身枷鎖，卻盼望超脱人性。當累得病得真的需要請一天假，仍然為失去的，沒上的幾堂課掙扎不休，怕苦了代課的同事，怕學生失去學習的機會。

給學校請假的電話遲遲沒有按下去，直到藥力開始提示，遙遠的一聲「保重」彷彿久久不能釋懷的道德責備。回到床上，滿載憂戚，知道何以如此卻不知道如何可以不如此。

不是不知道家長與校長的要求，還很想盡力去配合，於是希望年年可以保持十六歲的青春共鳴，二十五歲的幹勁上進、四十歲的教學經驗、五十歲的行政手段、六十歲的待人接物態度，最後還兼有七十歲的平常心。追逐復掙扎，教學的願景卻沒因老師年紀的自然老大而通融半分，最後失去了自己卻又無法滿足誰。

面對喘不過氣的道德包袱與派兩本簿又收回三本的工作壓力，我們或者要重新思考，放過自己，也放過別人。

有一次，同事病假，我囑外聘的代課老師讓同學閱讀課外篇章，她重複追問同學看完篇章後要做些甚麼試卷題目之類，以便監察同學的閱讀成果，讓老師復工之後回來改。我想，既是課外閱讀，何必又連上計分的壓力？課課評估是否就能天天向上？代課老師的追問一度叫我懷疑自己欠缺專業精神，我要瞬即加大自信，才能從那個狐疑的眼神中掙脫出來。

今天，我在掙扎中請了一天病假，而我終於沒有覺得對不起誰。

尋找老師加油站

書教了十九年。十九年是一個甚麼概念？難以直接形容。我倒是想以讀過的一課範文作對照，那是莊子的《庖丁解牛》。文中，善於劏牛的廚子阿丁自豪地說：「今臣之刀十九年矣，所解數千牛矣，而刀刃若新發於硎（指刀鋒仍然絲毫無損，就像剛用過磨刀石一樣。）」

同樣是十九年，轉到教育現場，所教數千人矣，慚愧的是，對比庖丁刀鋒的絲毫無損，我卻是周身勞損。備課、上課、補課、觀課與被觀課；改文、改卷、查簿與被查簿；還有進修、搞班務、做文件、見家長……下年呢？請由備課到見家長，重複一遍。

教師像一部持續開動的機器。即使是機器，大抵也需要加油、維修、換零件。君不見馳騁草場的沙田駿馬，也會有厭戰、勞累的時候，這時候，讓牠們停戰一段時間，放放草，三個月也好，六個月更好，目的是換一些新鮮感，讓牠們重新得力。

年復年的教、改、評，像燃油被抽乾而機器要如常開動一樣難受。教描寫文，我有甚麼美景可以分享？教記敍文，我有甚麼難忘的事可記？教抒情文，這種被掏空的生活可孕育甚麼感情？也不是要發牢騷，而是我實在不知道。

除非批改「文章」可像庖丁解牛，以「無厚入有間」、「以神遇而不以目視」，到底不能。可憐吾生有涯，但卷、文無涯。何況「親子」氾濫，今日師徒承傳，點撥不夠，還要劍及履及，大批細改（即一大批都要細改！）、課後輔導等等，當生活被噴髮膠定型為朝五晚七，你想還能生出怎樣的自然美？沒有「美」的生活，一切講授的美文都變成諷刺與晚來追悔。

「不要說笑吧，老師那麼多假期，多令人羨慕。」

「十九年前，也許是的。現在，業界都清楚假期一詞被演繹得淋漓盡致，靈活地，變相工作。」

「退一步說，老師不是有三天教師發展日嗎？」

「名稱很好，不過大部份學校都用來聽講座、填問卷。」

「那你加油吧！教育是神聖的使命。」

「多謝你，我也想加油，請問哪裏有老師加油站？」

「不要盡是問我，問辦教育的人吧！」

於是我轉身問辦教育的人，他用現在流行的管理語言跟我說：「你不喜歡可以不教！」我想想，也是，不教便可以隨意放空。

但想到蝸居要供到二〇四六年，我立即壓低聲線：「又不至於那麼嚴重，其實我只是想知道哪裏有老師加油站？」

他沒有給我答案，我只好繼續尋找。此時我想起另一篇教過的課文：

「尋尋覓覓，冷冷清清，悽悽慘慘戚戚」。

不留與不走

這個題目，概括了現下教育界的兩大問題，甚至可以說是難題。

不留，應該留下的老師和學生都沒有留下來。「合約制」橫行，很多教師A校做一兩年，B校做一兩年，然後又轉到C校，同事的名字與樣貌剛配對好，學期尾又公告離職了。這些老師，不乏精英，問題在學校不一定用人唯才。長遠的教育事業，面對現實，都變成合約技工。只要有人做，誰都可以被替代。有多少老師，是每隔一兩年就要適應新環境？當局應想辦法留人，實在是留一份歸屬感，如果學校不能讓老師有歸屬感，學生會喜歡這間學校嗎？當商業模式戀上教育機構，如果還要勉強成婚，就得額外花心思維繫，婚姻才能長久。

新高中學制下，不少學生選擇放洋留學，這批學生，大部份還很優秀，香港教育留不住他們，問題在哪裏？他們高中就走，於是整個中學界別都遜色了，學生會、學長會、各個學會皆流失了大量人才。學會的日常會務，實情只好由顧問老師兼任，兼扮師兄師姐的角色。很多學生，老師一心栽培，以為可以為科目爭光，誰知卻是一廂情願，有若過客一場。不願意在公開試並肩作戰的，不是老師，而是學生。更不用說，作為中文老師，最擔心的是他們未完成高中就出國，「中國文化」的根紮得夠深嗎？他日學成之後，這批精英還回來不回來？

不走，首先關於學生。不少學生，早就決定留學海外，不考公開試，但走之前的一兩年，繼續回校上課，卻分明無心向學，與一心想應考公開試的同學同處一班，影響全班的學習氣氛。學習，無疑要有鬥心，要吃點苦，但這班準留學生卻一心想享受在香港的美好時光，而把快樂建築在別人的痛苦（尤其是老師的痛苦）身上。例如，三幾日就搞一場歡送會，或者已經退學的學生帶一副輕鬆嘴臉，回校「探望」備戰考試中的老師同學。須知每一位同學都是班中的一分子，有責任營造良好的學習氣氛。倘有不少學生心有旁騖，以為留學在即，鴻鵠將至，則老師教學，只會一直勞而少功。

其次關於教職人員。教育模式，變得翻天覆地，師生之間，早已不是傳統的「我為你好，所以我的話你要留心聽」的授受有親。今時今日，萬事萬物都在變，包括學生的思想。然而有些老師仍不願接受改變的事實，甚至固守不出，不願意走出來面對教育模式的轉變。其實，轉變未必無因，也不一定違背傳統，最重要的是，我們願意聽聽學生的想法，如果同時願意走下教台，距離近了，我們或能聽得更清楚。

這篇文章，未必討好，卻讓筆者的思想具體地走了出來，一方面自省，另一方面與同工互勵互勉，盼望現下香港的教育問題能得到更多的關注，好讓不留的人，都願意留下來，或者，後悔沒有留下來。

求真求美求救贖

首先表明身份，我是一個中文老師，教了「若干」年中學，算是「相當」資深了。

如果這已經使你悶得想起讀過的教科書，請大可不必看下去。

……

你看下去了？這就好了。

今天是四月八日星期五，我帶一班中六同學考察元朗屏山文物徑。在屏山文物館前的空地，有另一間學校的一班中二生，由一位約三十歲的女老師帶領。

出外考察，那位女老師帶的自是課外活動，然而她的樣子神情一點也不「課外」，倒更像一本久經閱讀廝磨的古文選讀，最需要修復。她彷彿用上幾天沒睡過的氣力，無目的無焦點熟也沒能生巧地喊着：

「喂……啊……後面的同學幹嘛不排好隊……」

「前面的同學不要再吵了……」

前面的同學繼續吵，後面的同學繼續不排隊。女老師皺着眉，想發怒卻無力。然後有兩個同學走上前找老師。

「Miss，哪裏有水賣？」

「Miss，哪裏有廁所？」

聽說有些學校，只要出外，便可以計入「其他學習經歷」，對於這場景，這些同學的「其他學習經歷」，無疑是老師的「其他痛苦經歷」。

像這位累得不能再累的老師，香港多得很，當這位女老師也注意到我存在的時候，她會不會如我同情她一樣的同情我？

我是老師，但我堅決不肯做一個累得沒有神采的老師。

……

曾經，我盼望成為成功的作家，但與成功的作家的距離仍然無限遠。

理想與現實口角之後，理想不敢放肆，我轉而希望成為成功的老師，一個成功的文學老師。當然得面對一個問題，就是怎樣才算是成功的文學老師？可不是想像中容易啊。

我一直以為，任教的文學班盛產中文老師，是我發揮了積極的影響力，即使談不上成功，也絕對不能說是失敗，就算理想不能追得太遠，我也盡得分寸。

「你叫人讀中文，後來那個人又成為中文老師，今時今日，可能是另一種形式的誤人子弟。」

朋友無意的戲言，觸動了多心者的神經，像一直自豪的建築物，忽然變成了海市蜃樓，然後只感到一片中空。

朋友說的未必無理。有一個舊學生讀完港大中文系當了中文老師，明年學校縮班裁員，他打算和幾個朋友下海辦補習社，租金張開血盆大口，前路只見到一片茫茫。

同屆的另一個學生，也讀港大中文系，當了一年中文老師後，在巴士上偶遇他當年揮灑自如的文學老師（即是本人，但限於當年），他一臉頹喪，不好意思地告訴我：「教書太辛苦了，我現在做了政府工。」

這個傻孩子，連沒繼續教中文，都顯得一臉難過。

還有兩個，以前的學生，現在的同事，苦戰半學期，偶然病一場，都要戰戰兢兢。

路如此難行，我有份慫恿，那我是他們的良師嗎？

這個社會到底為甚麼要一個中文老師辛苦到如此程度？甚至辛苦之

後還得不到家長的尊重？是因為我們選擇了成為「靈魂的工程師」就要確保學生都住豪宅嗎？是因為我們都需燃盡自己然後別人的子女才能發光發熱嗎？

社會有病，成員都不可能獨善成為良好的細胞。

最多學生想加入的行業，最多家長盼望兒子攀上的行業，是以高盛等為首的投資銀行，請細察他們的理想和對社會的貢獻，是以最短的時間賺走社會最大筆的金錢，而這，成為了眾人夢寐以求的志向。一個病態的社會，成功的定義，那一個「定」，實在也很軟弱無力。

曾經有個家長，出來競選家教會委員，介紹自己的時候，一臉自信，你猜他說了些甚麼？他說自己銀行出身，到現在不用工作了，空餘的時間會炒炒股票，因此自問有很多時間參與家教會。原來自信是這樣走出來的。

再看我們的報紙，財經版越來越厚，文教版要麼慘不能睹，要麼被擠到寂寞的角落。而值得當趣事研究的是那些與地心引力唱反調的投資貼士，一到唱升就會下跌，一致唱淡就會上升。男男女女穿上耀眼的服裝，附以簡歷介紹畢生成就，最大的成就，竟赫然寫住：「幾元買過滙豐，一直持有至今。」真是好不偉大啊！

本乎此，則老師好應該不浪費時間於諄諄告誡，教學子以道德操守，曉以飲水思源，情意教育的大道理，而應該不問所用方法，盡量催谷學子求財若渴之心，並以急功的詭智和過份的老成作為校訓。是這樣嗎？

催谷，自然就要多做功課堂課，做完之後，老師你便要精批細改啊，含筆茹苦是老師的事，有分揸手才是子女的要義。不管甚麼，總之多出練習多改作文多皺紋不打扮不換衣服的就是好老師。然後一直追問：「兒子不愛閱讀，請你想想辦法改善他的中文水平。」每一次我都想答：「我不喜歡化妝，請你想想改善我五官水平的方法。」

有一次，我貪玩地回應某位家長：「貴子弟不說話的時候也很安靜。」她竟然滿意地走開了。像我們的政府，怎麼說都要向市民交代，即使一如上次的交代充滿遺憾。

普框之下，大家夾份出些硬題目寫些死文字然後作些殭屍文章，再讓有關人士看到遠高於通貨膨脹的分數，就會稱讚好好好，好好好，好在哪裏？不好在哪裏？誰知道呢？不怕，打個電話問老師，順便問問兒子其他科的學習情況，老師好不容易的一節「吉」堂，就如此這般被這位盡責的家長「混」走了。

向家長交代，是老師的責任啊，老師責任何其重大，假設一班三十五人，父母俱全，每班可能要交代的人大約七十，老師平均有四班，要交代的人可達二百八十，如果每個學期每人用一節吉堂作交代（不計那些要屢次交代者），則全年共需用上五百六十節吉堂去交代，還不要説這些交代的吉堂，要比不吉的堂更難上。

老師們，尤其是中文老師們，我們需要同心，做覺醒的一群。

社會污水處處，我們大可不必潔癖地懷疑自己。我們需要空間，來思考，來創作，來關心社會，來與學生聊這聊那，聽他們說理想，聽我說過去。我們既能安頓靈魂，又可照顧身體。我有閒暇，卻也是成功的文學老師，有人妒忌嗎？來做中文老師吧，如果社會有這一天，教育便接近成功了。

我堅持寫作，因為教育制度充滿惡意，它要用鐵片圍起我，令我變成無意識的機械人，我必須厲聲說不，手腦並用，才能擺脱鐵的倒模，回復人的思考。

「那麼，你心目中的中文老師是怎樣的？」

如果真要我說，我會說，不要成為只管文件、功課、分數的老師，不要死力的忙忙忙，要用真心真摯真情真魅力真魄力，享受中文課節的舞台，踏上舞台，便是表演者，像歌者戀歌一樣，投入其中，和學生分享生活。笑話要令人笑，必先要自己覺得好笑，如果終日忙得不可開交，再好笑的笑話也索然乏味。

懷疑自己不是成功的老師，等於打擊自己，大可不必。

我不只要做一個成功的文學老師，之餘，我還要追尋自己的理想，寫文寫書，求活求真求美求救贖。社會紛紛擾擾，熱熱鬧鬧，然而揮之不去的是，我有一個隱蔽的角落，敏感而寂寥，反叛又不安，有很多值得念記的人和事，有很多禁不住要說出來的話。當言說成為唯一的救贖，我已別無選擇，但請相信，我在教師的本分上，自信仍然做得不錯。

在繁重教學工作上好不容易強擠出些許餘裕，我還要用來說東說西，批評這樣罵起那樣，有時候也不為批評，而是純粹的抒發些感受，寄寓人間色相的思考。不但要優為之，更要刻意為之，也不能說要和這個教育制度過不去，更實在的說，是我不甘心汲汲營役於加給我的硬需要，因為這樣我會很寂寞，我需要，甚至已經決定，只有寫作，我的性靈，才能好好地軟着陸，而不至於驚動情緒。

千金難買少年窮

《增廣賢文》有一句「貧居鬧市無人問，富在深山有遠親」，從惡的角度概括金錢的威力，有其警世作用。從教育的角度看，我認為另一句俗語更值一談，那是「千金難買少年窮」。

或說，富貴得來不易，竟寧願花千金去買窮困，怎可能是常人所為？非也，此處最宜用逆向思維。孟子說：「富歲子弟多懶，凶歲子弟多暴」，反之，少年窮困，經歷辛酸，更能學懂怎樣去面對困難和克服困難，來日若富貴，這位跨過苦困幽谷的年輕人自當更有氣質和智慧，而深明金錢在眾多人生問題中的不足恃。當我要向同學分析文學特點諸如故作矛盾或表層、深層意義的時候，每每用得着這句話。

我任教的學校也有不少富家子弟，為了教育，不成我擺一個貧窮攤位，全方位游說他們放棄家財，入會成為貧窮學會的幹事？這當然不可能。攤位應該展出的是面對財富的態度。教書多年，上學之時，我見過有些名車停在校門前，司機先下車，然後為學生開車門，再徐徐遞上書包。我大概可以評估，這類學生遇上老師也不會主動打招呼，即使老師主動打招呼，他大概也不以為然，以為老師也是司機的一種。

一間學校有百樣人，我也見過不少另類情況：名車停在與學校正門保持距離的街道，學生為避名利鋒芒，寧願自己多走一段路，免給人炫富感覺。小事一件，或正門下車，或多繞一程，看在善感的老師眼中，感覺大不同。選擇多走一段路的同學，見於平日，大多處事成熟，對老師親切有禮。

我想借這件下車的小事帶出，少年不窮，很好，但必須注意金錢在教育過程產生的副作用。遇過不少富貴家長，子弟在校有些學業問題，便動輒金錢掛帥，迴避核心問題，以為轉往另一些收費高昂的私立學校等同「孟母三遷」，唉，教育歸於教育，教育問題，最先應該由教養做調解。

老師常說，只要在學校家長日，看看面前那位家長的「特質」，便大概知其子女的「共性」，既在父兄，自然移於子弟。比如說，子女讀到高中了，家長還含羞答答地一再稱他們為「我家中的那位小朋友」，小朋友，「鑑古知今」，老師平日所見的那位他，的確也就很「小朋友」了。又有一些家長，錢太多，時間卻是唯一的債項，以為高價聘請專人上門指導，讓子女每一科都另有一位「家長」照顧，就可解決少年成長的問題，結果呢？可想而知。

有一些家長處理較佳，他們故意隱藏巨富，絕不讓金錢和教育眉來眼去。他們能買下的東西太多了，就是買不到兒女的少年窮。可幸他們善於製造場境和語境，財大但不氣粗，富貴而能儉樸。少年窮，雖然難買，但有智慧的家長，當知如何虛擬。

《增廣賢文》另有一句：「兒孫自有兒孫福，莫為兒孫作馬牛。」古人的智慧，今人最宜深思。我中年窮，說的自然不是經驗，而是觀察之談了。

同學，願你漸漸明白

豐子愷說：「使人生圓滑進行的微妙的要素，莫如『漸』……因為其變更是漸進的，一年一年地、一月一月地、一日一日地、一時一時地、一分一分地、一秒一秒地漸進，猶如從斜度極緩的長遠的山坡上走下來，使人不察其遞降的痕跡，不見其各階段的境界，而似乎覺得常在同樣的地位，恒久不變。」（〈漸〉）

各位千萬不要誤會，我引用那麼多，非為霸字數，而是為了更好地陳述哲理。豐子愷所言之漸，就是慢、超慢。換另一個角度，即是欲速不達。

語文學習，何嘗不是如此？同學看到語文出來的成績，時感失望，每認為值得更好。身為中文老師，當然想同學更好。然而，語文之好之妙，除了幾卷成績，還更應包括應用、思維、處世態度各方面。

語文的作用，或者說所能呈現的能力，是慢慢培養、發揮出來的。套用梁啟超的話，至少包括「熏」（熏陶）、「浸」（浸淫）、「刺」（刺激）、「提」（提煉）四種不同的過程及影響。比方說，同學養成閱讀的習慣，這很好，三兩個月之後，卻因看不到明顯的成果而動搖信心，就此放棄。語文漸進的過程突然終止，像一暴十寒，種子即使能發芽，也必提早夭折。

語文的積累，點滴在心頭。一時不見用於分數，何傷乎？反之，求速成、計算短期或超短期效益才是致命傷。梁實秋說：「沒有人不愛惜他的生命，但很少人珍視他的時間。」閱讀是一個漫長的過程，也是一個人生的課題。很多同學，為過語文一關，只願花金錢，不願花時間。臨渴才想到掘井，考試臨頭，報十節八節特訓班、操練十條八條模擬題，妄想對手比自己更不堪。坦白說，即使僥倖過關（機會實在極微），將來加入職場，還是會「字到用時方恨少」！

若語文不好，先不要以為是別人的責任，倘真只這樣想，就難怪語文不好！不如先問問自己，為培養語文，我付出過多少時間？我有讓自己熏浸刺提於文字世界嗎？即使行之不知、習矣不察，我仍然懷抱信心，假使朝夕無成而仍然深信長遠？倘能堅持，同學，恭喜你，士別三日（三日太少，太急功近利吧！），不，士別三年，你的語文老師一定刮目相看。

看到一些同學，喜歡中文，卻又無端放棄。早上熱情，黃昏冷漠。有些人被一兩次低分打敗，有些人被一兩句評語打敗，有些人被慵懶打敗，有些人被過高的期望打敗。愛得不夠，付出不夠，感情怎能長久？

母語學習，不止於交際用語，更應該沉浸於文學境界和生活氛圍，知人（作家）論世（時代），意志相迎（共鳴），自覺加自信，久矣，漸矣，必有收穫。

世事洞明皆學問，人情練達即文章。閱讀、觀察、思考就像進攻鐵三角的尼瑪、美斯與蘇亞雷斯。他們很有組織，默契從何而來？不可少的，一定是時間。

時間漸漸流走，倘非無情，一定也將讓我們漸漸明白一些道理及情意。

十一月，怒溫吧

踏入十一月，課室的壁報板毅然變身勵志老師。不知是那位同學做的「好事」，一張A４一隻字，赫然寫着：距離文憑試開考還有一百七十日，下加一行較少的字，「達三趕四追星星」，更打算天天倒數。獨考苦，不如眾考苦，戰事一觸即發，且看鬥志能否一呼百應。

十一月，開始了名副其實的「怒溫」月，中六常分要截數，中六同學要追數。中文科各種模擬考試、模擬試前測、前前測分途而來，中途還殺出聯校口語溝通訓練、五星星舊生分享會等，正是：他校辦過的「亮點」，你必須跟着辦；他校沒辦過的，你就更加要看着辦。這分明意味着十一月的生活氣息，人追追趕趕，分高高低低，心陰陰沉沉，可憐的腸胃嘰哩咕嚕，當然，我所指的，包括老師。尤以面對死亡之卷的中文老師最為堪憐，為甚麼這樣說？因為我就是其中一個。

或有人問，文憑試，考的是學生，老師怎會那麼辛苦？我讀書的時候很清楚答案，到教書的時候，反而不懂得了。比如我教的一位中六同學，姑且叫他一心吧。十一月的一天，我在路上遇見一心，他高興地告訴我上個星期六和幾個同學去了H大的開放日，這個星期將去C大，之後還打算去U大和B大等，好讓自己作一個最正確的聯招選科抉擇。

「但你欠我的兩份新卷三練習還沒交，上次的寫作更只交了大綱！」我忍不住提醒他。

「阿Sir，選科重要啊，男怕入錯行呀。」他語氣堅定。

我當然不敢告知他真相（你中文科未能達三，盡去大學開放日，又有何用？）

——「阿Sir你不如多操我口語。」年復年，一心如許許多多的學兄，用了許許多多的時間，參加開放日、考試攻略講座、聯校口語訓練、考試減壓工作坊，就是不肯認認真真的交一份功課，寫一篇文章，鋤一兩個星期書。

然後就在考試快到的時候，要求老師多給他額外操練——只動口不動手的那種。老師的午飯時間不足一小時，剛放下上一節的教材，教員室的對講機立時響起一心等人的呼召。留心聽他們的小組討論，專心給他們評語（還要不能打擊他們，最好八成讚，其餘兩成就說尚有進步空間）。操練完成，一小時剛好，而我只能神交午飯。

「阿 Sir，給你面子才找你操的，看，我們都不找第二個。」

坦白說，我教中文，對這個操字特別敏感，偏偏同學們喜歡使用。至聖先師嘗言：「有事，弟子服其勞；有酒食，先生饌。」我想孔夫子萬萬料不到今天的境況竟然是：「有事（考試），老師服其勞」，至於酒食，就更不要提了。

十一月，應該怒溫、狂溫，請開始怒溫吧，然而我想補充一點，我所指的怒溫，指的是，同學，你本人。

二十年前．九個小時

整整過了二十年，仍然難忘高考之難、之苦和之後的狂喜。

好幾位經歷最後高考的同學，出版了《硝煙》，記載高考點滴，讓我彷彿夢回災場。考過高考的朋友大概會同意，那是人生最難的考試，經過會考首輪篩選，餘下的每一位對手都有「戰鬥力」及「經驗值」，要脫穎而出，入讀心儀大學學系，真是談何容易？更不要說，像我這種實實在在視中六為蜜月年，視中七上半年為後蜜月期的公子，被迫臨急發力，苦中更苦。

讀到嘔。不是開玩笑，是真的讀到嘔。高考的日與夜，怎會輕易忘記！我讀三個ＡＬ（這些術語深具某個時代精神），數是這樣計的（懂得計，一定這樣計），中英一定要合格，英文要Ｄ７，ＡＬ三科，有可「肥」一科的空間，其他兩科集中搏鬥，目標是港大文學院中文系。

聯招擺陣，也是學問。我為表堅貞，頭五個選擇都是中文或中文教育，五強之後，亂填的多。中國文化、中國文學自是不容有失。如願考好，如願入了港大中文系，如願做了中文老師。現在如果說不情不願，是有點對不起高考，對不起昔年的文學老師了。

讀中國文學的同學一定不會忘記高考的悠長九小時。文學分兩日，第一天，上午三小時，考作文及閱讀理解；下午三小時，考課文賞析。這天最難捱，看着鄰近的敵友，臉容如歷刧歸來，敵友看我應如是。再看看眼前被我蹂躪的那支藍色原子筆，筆芯吐盡，慘遭煎熬，真是義氣到盡。兄弟，全靠您沒有脫色，才成就大學生活的多姿多彩。第二天，上午三小時，考文學史，鬥答得長，答得快，答完真是無比痛快。因為，高考完了，同學早就約定狂歡（時興卡拉OK）。唱的歌是「誓要去……入刀山……」或者「這校園這班房這禮堂……」

感謝高考有很純很純的文科，例如中國文學，純在試題不難，八九成鬥勤力。我喜歡鬥勤力，無須算運，失敗是因為不夠勤力，甘心。贏了也不代表聰明，只代表勤力。勤力應該有獎，很好啊，有甚麼不好？沒有經歷高考的人，好在優悠，卻錯過了一場歷煉之旅。經過會考、高考一磨再磨，好像更會珍惜大學的日子，珍惜，一如勤奮，應該都是人生很想擁抱的詞語吧。

再次感謝《硝煙》的編寫團，他們擁有如星一般的夢想，考完末代高考，「正常」來說，是甩難，足以拿取牌照，去玩、去兼職、去流浪。然而，這幾位決心不依從「正常」的年輕人，似乎還要加設一道更深的考題，找資料、寫稿、找出版、做訪問，歷經兩年，感性地告訴我們高考有多難忘，復又理性地告訴我們高考是如何經歷生老病死。他們珍惜那些高考磨煉出來的價值，珍重得來不易的美好前程，言辭懇懇的告訴我們，高考，值得紀念。他們混合正氣與傻氣，而且一發不可收拾，氣場連綿千里，首先湧到我這裏。蒲葦老矣，尚能考否？未能提筆上陣，只好交心回應，這本書，好得！

鬥勤力？二十年後的這班年輕人贏了，他們一併得了傻氣獎。我知道，只要我們一聲認同，主編吳皓妍就願意代表領獎。

能為他們，為此書抒發感受，是大榮幸。這樣收結，表面冷靜，沒說出來的，是內心難以形容的激動。因為他們，二十年前的高考，如同青春，偶爾向我招手，而我得以重新徘徊，青春的揮手區。

中文科成為「死亡之卷」的另一些原因

二〇一四年文憑試放榜，最令人意外的是中文科考獲三級或以上的比率（下稱達標率）不升反跌（二〇一三年51.4%，二〇一四年50.7%），倘與英文科比較，更首次出現英文科達標率高於中文科的情況。

文憑試新制下，要符合報讀大學學位（不包括副學位，假設考生都以學位為目標）的資格（俗稱入場券），四科核心科目須至少取得３３２２的成績。二〇一四年，全體考生四科核心科目的達標率分別是：中文（50.7%）、英文（52.5%）、數學（80.1%）及通識（87.3%），論重要度，高下立見，語文科成為入讀學位課程的重要關口。

四科主科之中，中文最憔悴，由是而讓「死亡之卷」更添陰霾。於是，社會普遍認為年輕人的中文能力江河日下，根據表面傷痕，甚至認為是老師不懂教、學生不爭氣、考試太多陷阱、課程太多毒素，等等。然而，深入追究原因，發現的真相又是另一回事。誰令中文科成為「死亡之卷」？致命的不是試卷，而是大學學位聯招設下的達標要求（3或以上）。何以見得？只要我們拿二〇一四文憑試的中文科成績，與二〇〇七年首次同採水平參照評分模式的結果作比較，真相便呼之欲出了。

二〇〇七年開始採用水平參照為評核依據，所謂水平參照，是指考生的表現將參照所訂定的評核水平來評定，亦即按其個人表現，而非與其他學生的表現互相比較（俗稱拉 curve）。水平參照的水平一旦訂定，即使不同的考試年份，亦絕難大幅改

年份／成績等級	5**	5*	5 或以上	4 或以上	3 或以上	2 或以上	1 或以上	U
二〇〇七年會考成績（首次採用水平參照評分）	不設 5**，以 5* 為最高等級	2.7%	7.7%	19%	44%	69.8%	92.1%	7.9%
二〇一四年文憑試成績（同屬水平參照評分）	0.7%	2.9%	7.4%	24.6%	50.7%	79.9%	96.2%	3.8%

變每一水平的深淺度。從二〇〇七年至二〇一四年，取2等或以上的成績顯著上升，取不予評級者（Unclassified）的比率亦顯著下降，即使不能說考生的中文能力大幅提升，也不能說是中文能力顯著下降吧？那麼，何以中文科竟至如斯憔悴？

三年前，亦即三三四學制前，尚有預科，考生升讀預科，對中文科的基本要求，是2等或以上（約七成考生達標）；另一個升學規則文憑試來到了，學位聯招規定中文科必須取得3等或以上（約五成考生達標），從七成達標率一下子下降到五成達標率，兩制簡單比較，就有約超過一萬五千考生因中文科成績不達標而未能取得大學的「入場券」。或問，兩制豈可簡單比較？以前中七尚要過中國語文及文化科一關呢？沒錯，但不要忘記，文化科的全港及格率超過九成，即使打個不能純比較的折扣，筆者預計，亦有近一萬人因為中文科在新學位聯招的更高要求下未能取得「入場券」。必須補充的是，「入場券」指報讀學位課程的門檻，須以此為討論基礎，才不致各說各話。

回到上述的比較表，可以想像，水平參照模式將堅持自己的參照，大學聯招將堅持自己的高門檻，兩者若不擬磨合，也就可以推想，中文科三數年內將無法擺脱被稱為「死亡之卷」的命運。

此中同樣讓人擔心的是，向來與中文科學習息息相關的兄弟科，選修人數在三三四新學制下連年下降，情況如下表。

下跌幅度不可謂不驚人，依此，則中文科的教學（特別在英文中學），顯然更加形單影隻，孤軍作戰。

筆者是中文科老師，看到社會比以往更重視中文，當然舉手贊成，繼而力行。然而，當大部份人認定現在的年輕人中文水平大幅倒退，要找家長、老師、學生、課程、考卷問責的時候，我們更應該深入分析新舊兩制的不同形勢，知其然亦知其所以然，同心同德，對症下藥，同時為被判死亡的中文科卷説句公道話。

以上兩個簡表旨在拋磚引玉，希望引出更多重視中文教育的有心人，共同探討中文教育和考評的過去，現在與未來。

與中文科成績有直接關係的科目

科目 / 年份	二〇〇七會考報考人數	二〇一四文憑試報考人數
中國文學	10,040 人	2,758 人
中國歷史	26,182 人	7,071 人
普通話	4,610 人	文憑試不設普通話科

我看高中中國文學科

校長、各位家長、各位老師、各位同學：

大家好！很高興能借這個選科會向大家介紹高中中國文學科。

文學科一如以往，一脈相承，沒有因為時代變遷而換一個現代化的科目名稱。又或因為其他原因，好些同學誤解了文學科，他們認為文學科有三「不」：不實用、不需要、不容易，而我認為實情是「不明真相」。我嘗試從這個角度出發，希望為大家提供多些資料。

一、不實用？

首先我們要探討何謂「實用」。生活離不開口頭語，書面語，兩者自然關乎說甚麼和怎麼說。

文學離不開生活，生活也離不開文學。從實用角度言，文學至少能夠從質與量方面「優化」我們的詞彙，幫助我們在表情達意的時候選取最適當的用語，加強我們的表達力。如果大家不介意，我想朗誦以下一首小詩：

題都城南莊　崔護

去年今日此門中，
人面桃花相映紅；
人面不知何處去，
桃花依舊笑春風。

讀得好嗎？希望大家可以鼓勵一下我（禮堂充滿了掌聲）！

多謝大家。請看，在短短的一首詩中，我們學懂了多少成語？包括「崔護重來」、「人面桃花」、「桃花依舊」等，深入追蹤下去，詩中還有一個浪漫的愛情故事，大家有興趣的話，可以上網找找看。

如果認為文字、說話表達力的培養不夠實用，我們還可以從更現實的角度談談中國文學的功用。

隨着中國國勢日強，其他國家都出現一股漢語熱潮。漢語，除了指普通話，當然還包括中國文化文學兩方面。漢語教育，早已成為專業範疇，而這範疇現在大量欠缺人才。中國文學，研究的自是漢文字，如果同學能由中學打好基礎，將來必能提高就業的競爭力，因為，良好的語文水平、表達力，是面試獲勝的基本條件。近年，香港中文大學要求一年級新生必須修讀經典文學，可見社會已開始重新審視經典的價值。

回頭看看文憑試的要求，中學生一般能從中一順序直升中六，大學學位有限，競爭激烈，大學對學生語文水平的要求比過去大幅提高，同學在必修中國語文科以外，如能同時選修中國文學科，對整體的中文成績，必然有正面作用，這個道理不難明白。

再者，修讀中國文學科，不一定是為了要成為中文老師或文字工作者。文學科不會阻人發達，我們只是深信，一個讀過文學的醫生，或者工程師，或者富商，他或者能多一點品味，多一點人文關懷而已。新高中的課程精神，是文中有理，理中有文，文學科並不排斥其他科目，而只想成為同學人文學科選項的其中一個。

二、不需要？

很多家長和同學可能有疑問，中國語文已經是必修科目，為甚麼還要額外選修中國文學？不需要吧？

這是合理的疑問。不過大家要留意，中國語文科與文學的課程目標不盡相同。語文着重應用，文學則靠近藝術。舉個例子，兩科都有寫作部份，文學科的寫作，自由度較大，較着重創意；語文科的寫作，限制較多，發揮的空間較小。大家立刻會想到，兩科對於寫作有天份的同學來說，無疑大大有利，這當然就更是一個合理的推算了（眾笑）。

文學科有幾個課程宗旨，其中一個令我留下深刻印象，是這樣的：

「文學可以豐富生活體驗，拓展生活領域；加強對家庭、國家及世界的責任感，提高對人類的同情同感。」提高對人類的同情同感，真是美好的一句話！簡單來說，就是同理心，而文學，也就是人學。很多家長批評子女不夠孝順，不懂感恩，不懂禮儀，甚至不關注周遭發生的大事，但有時我們不免需要反思，青少年有足夠的情意輸入嗎？我們罵他們這樣那樣，這樣那樣是否就不會再那麼樣？文學重視飲水思源，我們從三千多年前的《詩經》讀起，薪火相傳。文學重視人與人之間的情意，重視推己及人的精神，也重視與大自然的感通。文學，是性情教育。

清代學者浦起龍說：「杜詩合把做古書讀。少年子弟揀取百篇，令熟讀，性情自然誠懇，氣志自然敦厚，胸襟自然闊綽，精神自然鼓舞。讀杜不專是學作詩。」意思是說，杜甫的詩可以陶冶性情，只要反覆誦讀，性情自然純厚，少年子弟感情豐富，熟讀文學作品，或者能起疏導作用。

人不為己，天誅地滅？大概這是人家慫恿我們做孬事的借口，試問，如果人人只為自己，則人性的光輝何在？如果我們真的需要有一個同情同感，富責任感的社會，我們就需要真（知識）、善（道德價值）、美（藝術審美）。當然我們也就需要文學了，因為文學是我國文化的核心。

三、不容易？

同學可能會覺得文學陳義過高，遙不可及，而且還有很多文言文，尋且還要背誦，太難了！

各位，三年高中，有哪一科說起來是真容易的？課本上有一篇文章叫〈為學一首示子姪〉，作者彭端淑說：「天下事有難易乎？為之，則難者亦易矣；不為，則易者亦難矣。人之為學有難易乎？學之，則難者亦易矣；不學，則易者亦難矣。」結合高中的情況，就是說，每一科，究是困難或容易，端視同學的學習態度，而非學科本身。

文學自來都是小眾科目，我們不會妄想人人都選讀文學。去年，有八位同學選讀文學，我跟同學們說，大家可以很容易就考取全級八名之內（眾笑）。

無疑，文學科或會比其他科目多一些背誦要求，但美好的文章，美好的句子，背就上來，節奏勻稱，瑯瑯上口，到自己寫作的時候，自然文思泉湧。熟習前人作法，結構自然扎實，文句自然流暢，無論閱讀與寫作，可說是百利而無一害。

文學裏那些名篇佳構，情蘊意境，誦讀之後，儲存胸中，一時三刻，雖未必能完全領略，但年輕人在記性最強的時候誦讀名篇，此其時也。歲月悠悠，記憶的列車長久地載着那些佳句，隨時在人生中走出來予以啟發。腦子裏，能測的叫智商，不能測的叫智慧。文學，深藏着古人的智慧，很容易就可給你，你要不要？金錢可以衡量的，叫價格；金錢不能衡量的，叫價值，文學有的是價值，你要不要？

我是中國文學科老師，大家會想，你當然盡說中國文學好。以下，我試摘錄幾位同學讀完文學科後的感想，希望能加深大家對文學科的印象。

（一）教授《古城》時，我們一行人走到二樓的平台，在陽光和微風下探究新詩的奧祕，原來上課可以這般寫意。

——蔡同學

（二）在荒島孤坐時我遇上了你，文學，感謝你帶我離開困惑，闖進智慧。

——黃同學

（三）感謝文學，給我開闊的眼界，給我豐富的色彩，給我一個新的人生。

——劉同學

（四）文學不單是學科，更是我的知心友，在寂寞時最能開解我。

——羅同學

（五）我向文學説再見，但文學不會離我太遠，因為我心有文學。

——甄同學

最後，我想説，青春，好應該有一章叫文藝的專章，讓年輕人投入更多的思考和情意。作家九把刀説：「青春是一場大雨，即使感冒了，也盼望回頭再淋它一次。」不要錯過青春，也不要錯過文學，與其盼望回頭再淋，不如現在就坐言起行，在鬥志最強，情意最豪的時候，讓文學為你強身健體，好讓日後不怕感冒。

現在是選科的時候，希望大家記得，文學科是其中一位候選人。

多謝各位！

附：教育局課程發展處新高中中國文學科網站

http://www.edb.gov.hk/tc/curriculum-development/kla/chi-edu/nss-lit.htm

改文寫文，都是浪漫的

網上激傳沈祖堯校長的一篇訪問稿，題為〈人生是應該浪漫的／大學生是應該浪漫的〉，初看題目，真不是味兒，原因有二。其一，心想校長先生位高權重，府第青山環抱，廚房等如普通人家的單位，彷彿有錢人因錢富有，又反過來說錢並不很重要；其二，心想大學生應該浪漫，難道中學生、小學生就不應該？

找來原稿一看，方知校長用心良苦，所謂浪漫，實在非常「平民化」。浪漫是甚麼？是理想，是眼界，是境界，不隨波逐流，不功利，不受金錢同化。比如說，讀一些專業以外的不為實用的書，選一些看似沒錢途卻又感興趣的科目。發掘興趣，等於發掘浪漫。沈校長是大學校長，強調大學生應該敢於追尋理想，追逐浪漫。

筆者是中學中文老師，非常認同沈校長提出的「浪漫化」理念。正所謂浪漫是一天，不浪漫也是一天，讓我們推而廣之，申說中學生也應該是浪漫的，中學老師也應該是浪漫的，中文老師更應該是浪漫的……

有人說，每天都忙透，如何浪漫得起？且先不要理，讓我們學習校長的正能量，用念力提升鬥志。要同學愉快學習，老師先得成為愉快的人啊，如果準備好，我們一起吶喊：

「上班是浪漫的；教書是浪漫的；改文是浪漫的；考試是浪漫的；見家長是浪漫的；做班主任是浪漫的；教師發展是浪漫的；教育局是浪漫的；考評局是浪漫的；中文科的課程是浪漫的；入校長室照肺也是浪漫的。」

「你是神經病的。」一位學生見我自言自語，露出奇異的眼神。

「改文也算浪漫？還不是神經病嗎？」

改文是真的很浪漫啊，且看，這樣的題材也想得出，這樣的字也錯得了，這樣的文也有人改；每篇文章的作者，都有一個浪漫的故事。評語呢，就更夠浪漫了，「這篇文章還有浪漫空間」；「文章的構思充滿幻想式的浪漫」；字數極度不足，就可評為「這篇文章，應該還可以浪漫下去」。

改文浪漫，寫文當然也浪漫。寫作，不是求分數，是求有人看，神交更是浪漫的真諦，如果有人廣傳，作者更感浪漫。

當你看到這裏的時候，你已經上當了。

此情無計可消除

二〇一五 DSE 中文科小組討論有一道題目：

以下哪一項最能象徵老師的工作？談談你的看法。（橋樑　燈塔　港口）

三者有甚麼共同特性？我開始聯想：默默無語、默默付出、永不疲累、為趕路的人導引方向，好讓他們走更遠的路……

有些朋友或學生畢業以後，想加入教育界，問我意見（大概因為我是資深前輩），今後我可以回答他：「假如你覺得自己像三者其中之一，恭喜你，你應該能成為一位好老師。」

問我的人愁眉不展，拿不定主意，憂道又憂貧，彷彿想從我的回應中得到穩定人心的力量。我猜他心中有疑——在如此教育艱難的年月，選擇老師這一行，會不會後悔？

決心不足，杯弓弄出蛇影，今日為A君的話堅持信念，明天因B君的話動搖信心，臨場面試，抱住姑且試試的心態，結果是互相廝磨與折磨。

態度游移，行為自然迷離。不相信自己做得到，與做不做都罷的表現大致相同。於是，芸芸應徵信之中，不難發現以下情況：寫錯校長姓名、錯引友校校訓、夾了另一間學校的應徵信、申請擔任老師錯寫成應徵科主任等。

孔子説學而不厭，誨人不倦；韓越説，師者所以傳道授業解惑。沒有一個範疇是容易的。為了物質回報而做老師，注定失望；為了非物質回報而做老師，此時此地，我想，大部份的時間也必定失望。

因為艱難，才需要知其不可而為之的人，需要從失望中不斷懷抱希望的人。這個人，是你嗎？你以為我這樣説，分明離地，卻強佔道德高地？不是的，你早晚會知道，要成為老師，你至少不能常常自疑、計較，你必須義無反顧地告訴主持面試的人，今日為師艱難，但我有抱負、有能力，我已準備接受挑戰，此職捨我其誰？

橋樑、燈塔、港口，他們在為誰辛苦為誰忙？不是為了表現自己，而是為了成就他人。教學如扶醉人，扶得東來西又倒。要把人扶穩，步履已無退後的空間，我們只能一直練好馬步，隨時準備攙扶。如果閣下已立下教育志向，請勇敢地走下去。

黃埔軍校最早年有副對聯，寫着：升官發財請走別路，貪生怕死莫入此門。我覺得很震撼，今日拿來勉勵有志於教育事業的年輕老師，竟然特別貼切。

「教書快二十年了，曾經後悔嗎？」

不曾。那是我的志願，我的榮幸。我對師生情誼「中毒」太深，會掛念我的老師和學生，此情無計可消除，才下眉頭，卻上心頭。除了做老師，我看不到其他工作能有這種滿足和快樂。

此情無計可消除。不必分析入職原因，不必深究最終結果，就讓這七個字，承擔緣起與緣滅。

最掛念的學生

阿康，十年前教他中史，學期完結，他勇奪中史全班第一名、中文全級第二名。由於全級只有一班中史，他實際上也是中史科全級第一名。

「在學校讀書，記標準答案，再換取高分，究竟有甚麼意義？」阿康曾這樣問我。

「讀書可以醫愚，古人說的。讀下去，自會發現意義。成績好，進了大學，選自己最感興趣的科目，找一份相對高薪的工作，便能從穩定的生活中獲取安全感。達則兼善他人，若際遇欠佳則獨善其身。」我曾這樣回答。

那時候，我算是個充滿朝氣的年輕老師，覺得自己對他的回應，順理成章，甚至稱得上正氣凜然。

然而，我和學校最終也沒給出讓他滿意的答案，他上台拿了學業獎狀，同時也向學校交了退學信。考第一的學生退學了，我以為像他這樣的故事是如有雷同必屬虛構，誰知他真的說到做到，一心追求一個非標準的答案。老師留不住好學生，我看到那個空座位，像看到挖開了的一個大洞，張開大口，準備吞噬所有自以為是的教學熱情。

聽他的同學說，他並非自暴自棄，而是真的找了工作，再後一些時候，一邊工作，一邊晚上進修。

十年過去了，同一個課室，換了十批學生，沒一個像他有如此「特別」的選擇。相反，有一些選擇從中一睡到中六，有些甚至兩年才升一班；三年升一班的，居然也有。好不容易升到中六，隨便考一個合乎預期的文憑試，成績自是難出意料之外。然後呢？課室又迎來另一批學生，好像甚麼事都沒發生過。

有教無類，有時是有夠無奈的。應該留在課室的學生我留不住，不應該留在課室的學生我趕不走。

「在學校讀書，記標準答案，再換取高分，究竟有甚麼意義？」

十年前後，同一條問題，我的回應恐怕已不及從前果斷。如舊為他可惜，卻已不知道實際在可惜甚麼。大概是因為，社會變了，我也變了，不變的是，我似乎仍然遠遠的被拋在後頭。

有時想，阿康有一天會從教員室外的講機喊我名字，用快樂的心，成功的近況告訴我當年走得恰到好處，他終於找到滿意的答案，而中史科考過第一，上台拿張學業獎狀，十年後是那麼微不足道。

阿康沒回校找我，我相信他一定是在努力證明當年退學的必要，以及我那番勸說之徒然與多餘。這樣想的時候，我不禁打了一個寒噤。

鐘聲又再響起了，我趕緊準備待會要分發給同學的模擬卷答案。阿康，我有時會想起你，也會不自覺地討厭你。尤其在鐘聲響起的時候，你讓我覺得，我總是被一種青春的勇氣侵吞着四周的氧氣，而目的在，奚落我的無力感。

最難應對的問題

教人比教書要難得多。老師說的道理不外乎真善美愛，但人各有志。「人生有甚麼意義？」「追逐眾人都追逐的東西真有意義嗎？」「為甚麼我每天都不如人家快樂？」「世界如此醜陋而我努力何為？」

遇過不少早慧的學生，他們重視的東西，與別人不一樣；他們尋找的答案，沒有評卷參考，有的也只是「考生自由發揮，言之成理即可」。簡言之，他們討厭規劃，更討厭被規劃。這類學生，多愁善感，不愛群居，每認為其他人很膚淺。經驗告知，這些學生一旦納入「正軌」，每能加速追趕，取得不錯的成就（姑備一說）。

課室有幾扇明窗，遙對港大陸佑堂，象牙塔尖像板直身子的年輕人，彷彿要量度天空的高度。我怔怔地看得出神，昔年那個讀高中的自己，何嘗不是如此？那時候，特別不屑金錢與權力，原因不明。

追尋意義，尋根究底，不到黃河心不死，更每與焦慮和苦惱結伴同行。孔子的弟子子貢，多才多藝，有名有利，有堅定的生活信念，「我不欲人之加諸我，吾亦欲無加諸人」，這樣的人生何其快意！應有至高無上的意義了吧？不然，他常常覺得比不上安貧樂道的顏回，也達不到自我要求的層次。

意義之說，非關學問，自然無分先後。說穿了，特別的學生提出的特別的問題，我其實不懂回答，但為師日久，不得不裝懂又裝腔：「努力讀書，日後上大學，選一科自己喜歡的，看看怎樣可以發揮潛能，貢獻社會。」我隱若聽到他們發出噓聲，而且分貝極高。

「我雖然是老師，比你們大，但我的苦惱和你們一樣，我也在尋找人生的意義。」

一直在尋找，不如意事十常八九，任何一個宗教也沒應許天色常藍。教書多年，若來個小總結，失敗感定必壓過成功感，是想像太美，還是世界太醜？我不知道，我一直在尋找。

倒是文學能給我相對滿意的答案。無數的文人雅士都在尋找烏托邦，找到了嗎？找不到！那我們找不到，也是理所當然的吧？「古來聖賢皆寂寞」，寂寞不孤，必有鄰。偶得美景，偶拾情懷，偶有知己，是人生偶然的點綴吧，甜品若然當主菜，身體也受不了。至於事業際遇，歐陽修的〈朋黨論〉說：「臣聞朋黨之說，自古有之……大凡君子與君子以同道為朋，小人與小人以同利為朋，此自然之理也。」進化到今天，更加不好說了，若要正確區分君子與小人，難度可能不下於尋找人生的意義。

也許，一直尋找，不到黃河心不死，就是意義，就是能量。我們不完美，世界也滿是缺憾，黑夜跑步，怎能肯定會踏着甚麼？哪位狗主做的好事？你不可能尋根究底了。無論如何，不要把那些東西帶進家裏。

大家都笑了。是的，笑一笑，那一刻的世界更美妙！

把時間還給閱讀

作文，改文，謄文，分數低嗎？再多作，多改，多謄，這就能提升語文程度和趣味？未必盡然。我們或一直誤解，以為中文能力弱，是因為寫得不夠多。我看不然，最致命的死因，應該是讀得不夠多。

不吃東西，要嘔出一篇文章，不見得能有多少內容。至於味覺，人人愛好不同，像曹丕《典論 • 論文》所云：「雖在父兄，不能以移子弟」。同理，要語文好，我們也須在書海中獨自探索，自力更生自食其果，師者傳道授業解惑，亦只能點撥方向、方法，人生如果有八味，無論現實或書本，都應由學子親自去嚐，倘家長師長樣樣代嚐，學子日後自然不是味兒。

回看教育現場，一片白忙、瞎忙，老師忙於設定評估，學生忙於應付評估，以為天天評估就能天天向上。補課成風，活動再也分不清課內與課外。於是讀書是為了完成閱讀報告，悦讀變成苦讀。九十五分，還有甚麼問題？家長與學生會問，其餘五分是怎樣丟掉的？

想踢世界盃，卻盡建石地場，即使請最好的教練，終歸徒然。要推動閱讀和提升語文能力，釋出時間等如釋出善意，一定要把時間還給自己，還給學生，還給閱讀。閱讀，既要時間也要空間，但絕對值得付出，不止是為了語文能力，為了應付考試，還有更加重要的品味、情意、審美、視野、人生觀、價值觀……

閱讀是奇妙的過程，無打機快感，也談不上很愉快，反而帶着一絲絲苦楚和一點點孤單，只望獨食而能有餘味。假如閱讀是為了向人交代，向分數叩頭，甚麼興味都變成索然無味。當上學變成上班，就難怪五十歲已盡是退休之累。

回想求學時期，能享受閱讀之樂，要感謝學校恩賜的自主時間。學校附近有公共圖書館，那是課後的最佳去處。最難忘是在那裏發現卞之琳的〈斷章〉：「你站在橋上看風景，看風景的人在樓上看你。明月裝飾了你的窗子，你裝飾了別人的夢。」不知甚麼原因，看這幾句如吃一頓佳餚，可令人一直回味。有一次下大雨，我在窗邊看街景，不期然又會進入詩中的意境。圖書館的圖書任君選擇，喜歡的多看一下，不喜歡的如點頭之交，不揭也罷。有一次，我嘗試從林徽因與陸小曼寫的悼念文章，推測誰更愛徐志摩。容或有點無聊，到底也是在文字世界擁抱綠意。

閱讀提升品味，促進思考，加以沉澱，就會變身，成為表達力。語文能力，歸根究底，就是表達能力。返璞歸真，重新審視自主閱讀的價值，才是提升語文能力的不二法門。如果子女喜歡閱讀，教育大半功成，家長亦可身退。我們要對閱讀的成果有信心，分數偶然高低起伏，不過像多變的課程框架，至於試題，當然也會偶爾鬧情緒。最佳的應對方法，就是持續固本培元（閱讀）。

閱讀，是值得堅持的信念，不要動搖，不必動搖。

一些想法，一些做法
——聯校中學生創作協會成立感言

從構思到成形，聯校中學生創作協會快要展開工作了。九月十五日第一次會議完畢，一個人站在地鐵車廂，思前想後，目標站從眼前溜走。把一件事或者一個人想得太深，到回過神來，周遭的一切便也都淺淺浮浮，好像要直至震盪，才驚覺沒有握好扶手。

凝聚文藝創作的力量，從中學做起，明明是個很好的信念，應該叫人有勇，無須擔憂也不必膽怯，然而我心仍難以踏實。走得太前，怕太光；走得太後，又怕黑壓壓的沒人看得見。也許書教了「若干」年，習慣了定式，就怕那些可知與不可知之間的改變，才下幾滴雨，就急着要打開傘子。

幸好有些志同道合的朋友，像關夢南先生，是前輩了，思想比我果斷，做事也更勤快，多多少少也讓我的動力跑贏了壓力。會議完畢，我總要問他我有沒有說錯或者有沒有說得太多，他的鼓勵貫徹他的果斷：「沒有，怎會說錯呢？」聽到這一句，像學生得到老師的認同，然後更有信心去讀老師那一科。

關先生說過，寫文章，應該「群」，應該與人交流，共同提升。他說了我的心底話。寫文章，只可以一個人，但在一個人的世界，孤獨太久，沒有回應，沒有感通，同道為朋的友人越來越少，很容易像電腦感染了沮喪的蟲毒，甚至終至於難以再振作起來。

同道可期，可群，如果補一帖強身，我但願我們文藝的群，能群而不黨。我們以創作圍一個大圈，盡量包容，同時盡量把人性那小圈子式的醜陋踢出大圈子以外。他日有成，我們便會逐漸淡出，把創作的光芒和棒子交給一屆又一屆的中學生，此路，一路走下去，沒有最遠，只有更遠。

美學大師朱光潛說：「大人者，不失其赤子心。」文藝是青春的好朋友，中學生有的是青春，用文藝來展示熱情、抒發抱負、陶冶品格，最好不過。而老師們與學生共處文藝之中，當能與營役的生活重新談判，重尋赤子之心。多年過去，當年在中文系談文論藝，圍坐說理想的那個自己，原來一直在等待與我重遇。

朱光潛又說兒童看見星就說天眨眼，看見露水就說花垂淚，這是「移情作用」，只是「人越老就越不能起移情作用，我和物的距離就日見其大，實在的想像和隔閡就口見其深，於是這個世界也就越沒有趣味了。」惟有創作，仍有一股力量，喚醒我們對生活的好奇，對生命的思考。無論是中學生，或者大人，只要愛上了寫作，他就開始不一樣了，因為移情作用正在發揮作用，五官都因此靈動起來。

我們寫，不會也不可能丟下讀，閱讀與寫作，實際點說，可補充現下零落的中文科課程。惟有返璞歸真，才能打好中文基礎。創作，如果有題目做成的枷鎖，我們就跳一場枷鎖舞；如果沒有，就跳自由舞。各擅勝場，能走能跳，能文能舞，還有甚麼比這更好？

萬事起頭難，第一難在說做就做。做吧，「難」就不敢再扮鬼臉。

讓我們先由三數間中學發起，再到十間八間，每間學校派出兩三名熱愛寫作，又願意為創作出力的文藝少年，組成籌委會，師生共同探討未來的發展方向：以文會友、作家講座、聯校創作展、聯校文集、好書分享、詩歌朗誦會、徵文比賽、為年輕人出書、學校互訪，能做多少，就做多少。假如，一樣都沒做好，也罷，認真就是贏了。至少，我們贏了友誼，裏面有愛文學的老師，愛文學的同學，不可或缺的，還有同道的文人、作家。

《中學生文藝月刊》已出版了二十期，聯校中學生創作協會才終於踏出第一步，讓我們在這一年的中秋許個願望，盼望第一次的學生聚會早日到來。我們努力追趕，並盼有一天可以回望月刊，告之曰：學無先後，達者為師。

一個代課老師的自述

代課苦，沒有課代的日子，更苦。

漂泊多少年了？在每年找工的旺季，我寄出近百封求職信，卻只收到數個面試電話，每次整裝出發、等待、筆試、試教、討論、談教育理想，幾乎花去一整天，有時僥倖獲得第二次面見的機會，又再用去大半天時間，希望越大，失望越大，結果還是落空。

年年如此，恐怕只有親身經歷過的人才能感受其中的痛苦與茫然。大概你心中會有個疑問，為甚麼還不轉行？都怪我自討苦吃，誰叫我有個揮之不去的教育夢？我喜歡與學生相處、交流，只有純樸的師生情最令我陶醉。

就連代課的機會也越來越少了。以前尚有些三、五、七天的代課，教育界一筆過撥款之後，三五天的代課，大都不請外人，改由校內老師攤分請假老師的課節。看來正職老師同樣苦不堪言，七堂聯珠、直上八堂的例子時有出現。但省下來的就是錢，應該用在學生身上，好些能幹的校長都這樣解釋。

我希望所有的老師都大量「生產」，這樣我便能有多些機會代較長的產假，前四後六，大概兩三個月吧。過去學校給的是月薪，經過精密計算之後，現已改為日薪，不太需要我的日子，甚至叫我不用回校，那一天我便成為「無糧」老師了。要不然就是代上代，原先請假老師的課節固然要代，即便是原來的空堂，也叫我改簿不得，因為另一位老師又告假了，副校便把兩人的時間表湊合成一份，務求把時間表和我渾為一體，滴水不漏。不要看我是代課，每天為教員室關燈的那個人，還是我呢！

多年下來，教育界面試的奇遇夠我寫一本怪談。上月的那一次，叫我特別納悶和難忘。我遇到一位非常「誠懇」的校長，我們談了很久，他似乎很明白我的苦況，我以為只是代課，又不是長工，談了這麼久，機會應該很大吧。不然，他同情我但沒有請我。他請我和他一起祈禱，不，是他為我代禱，祈求讓我早日覓得教席。我想我應該感謝他，然而步出校門的那一刻，我卻異常納悶，需要大力呼吸才找到平衡。

說真的，學校不請我，我不介意，我介意的是學校沒有將心比己，大量浪費我寶貴的時間，尤其是，那些時間是我像海綿一樣，辛辛苦苦擠出來的。當然，賠上來回車費也是要點，但作為教育工作者，我就不談那些了。

好像有一次，某校辦公室人員明言只是普通面談，不必試教。到了學校，他卻突然拿出計時器，要我準備十五分鐘，然後試教〈荷塘月色〉，試問我何來意境？倒是課文的第一句最是應景：「這幾天心裏頗不寧靜」，我看到這裏，彷彿有人在暗裏訕笑我如今的落寞。

但我不能放棄。如果我不繼續尋找，便會被人懷疑我對教育的熱誠，要想教書，就更加艱難了。

我得感謝關心我的每一位朋友，皇天不負有心人，上星期，終於簽了一間代課，代兩星期，慶幸前後只需要兩次面試。簽約前，主理人突然厲色道：「你必須承諾詳改四班作文及代請假老師完成所有的學生評語」，學生評語？我還沒認識他們呢！到底這是我想做的工作，像我這樣的一個代課，還有甚麼議價能力？「校長，多謝您給我機會，我會用心做。」我終於遇上伯樂了。

我看着一張張不同學校學生送的歡送卡，我大概知道，只要還有做老師的機會，我都會努力爭取。

何必偏偏嘲笑我？

古語云：「沒有夢想和鹹魚沒有分別。」

以上句子收錄於二〇一三年中文科文憑試考試報告。報告一出，傳媒大肆引用，全城幾乎同聲嘲笑，甚至以此作為學生中文水平江河日下的明證，此文主旨，是為同學說句公道話。

讓我們先詳細分析證據，關於這部份，考試報告全文如下：

部份考生只引用俗語和古語，惜引用失當，以致論點更為模糊。例如：「在夢想方面，古語有云：『沒有夢想和一鹹魚沒有分別』，各位要夢想成真就需要毅力、努力和體力，缺一不可。古語亦有云：『寶劍鋒從磨礪出，梅花香自苦寒來』，不要放棄自己的夢想，小心選擇大學的科目吧。」

平心而論，教了十多年中文，高中生能寫出如此流暢明快的一段，反而是，難能可貴。坊間笑點，不外乎是因為同學拿周星馳的戲中對白作古語，平情而論，這真是高中生語文能力的重大失誤？

類似對白出自周星馳的《少林足球》（二〇〇一）。文憑試考生一般是十七歲，形容四、五歲時聽過的金句為「古語」，即使有點彆扭，亦情有可原。再看，這位同學文句的優點，整整可以蓋過那一點小瑕疵。談大學選科的主要考慮因素，他呼籲「不要放棄自己的夢想」，言詞懇切，而夢想要成真，需要「毅力、努力和體力」，以三種力「深化」詞義，言之成理，文氣明朗。再引用《警世賢文》中的「寶劍鋒從磨礪出，梅花香自苦寒來」作為語例，加強説服力，此一引用，堪稱準確、典雅。

至於以鹹魚比喻沒有夢想的人生，順手拈來，非常形象化，理應令人眼前一亮，並予以加分。綜合能力卷過於追求機械式答案，否定作者的文學演繹，正正像考試報告批評一般考生所説，是「暴露見識之狹隘，而所言亦嫌片面，可謂只見樹葉，不見樹枝，更遑論樹木與樹林矣。」

說真的，愚見認為批評同學的這位「大師」，這幾句比喻，實在也異常彆扭！

近年，考試制度不斷變化，沒有中五會考、中三評核等關卡把關，學生幾可全升中六，第一個公開評核試便是文憑試，有些答卷遠離水準，是必然現象。倘若考試報告取這些答卷為藍本，以此判斷學生的語文水平比以往大幅退步，未免有欠公允。再者，傳媒斷章取義，拿報告的個別文句大肆渲染或「再創造」，好讓全城哄笑兩三天，站在語文學習的角度，顯然不是好現象。

不若回到過去，返璞歸真，多舉些優異例子，少作個別挖苦，讓年輕人把注意力回到可學習的對象上吧！

最好與最壞

三月中旬，文憑試開考，打頭陣的是中文科卷四口語溝通，佔全科分數百分之十四。

我教中六中文，最怕睡前收到黃昏考完的同學傳來同類信息：

「蒲Sir，我對不起你，第二部份十分鐘，我只搶到一次發言機會。」

我內心翻騰。平日不是千強調萬強調，發言太少（一次半次）等於即時投降嗎？搶發言，未必會贏；但不搶，一定會輸。練了這麼多次，到底有沒有好好記住老師的忠告？

我當然不會質問如上，不錯都錯了，接着還有一連串的考核，只好借出安慰與鼓勵牌塗改帶：

「考完就不要回想，事情未必如想像一樣壞，佔分更多的卷還在後頭，記住，努力之餘，一定要保持鬥志！」

「知道，老師，我不會再令你失望的。」

「這就好了！」我內心繼續翻騰，不斷深思，練了這麼多、教了這麼多、提了這麼多，何以分數還是會失去那麼多？

我想到解釋了。以為做了最好的準備就能處之泰然，誰不知，更加重要的是要作最壞的打算。

最好的準備？同學做到了。多次相約同班與非同班的同學組隊回校，找老師加操，熟習不同題型，表現算是續有進步。晨操午練，相當花時，一眾中六老師為了莘莘學子，自是義不容辭。可是，同組操練的同學，即使不同班，亦算同級六年，已經練致「熟能生巧」，每每互有默契，互相推讓、忍讓、承讓……

最壞的打算呢？問題就在這裏。口試維時約十天，考完一兩天後，消息滿天飛，同學聽這聽那，反而左支右絀，核心思想，天天動搖。有傳言謂爭逐發言情況並不多見，要爭取發言，基本沒甚難度。多聽多敗，反而因此掉以輕心。

真正口試，五人兵團互不相識，臨時組隊，隊員額頭理論上都印着「搶分」兩字。過後各走各路，誰會一心禮讓？一般而言，多是兩強手兩中手一低手，但非必然。如果同組四個對手都是急搶而又長氣，一直死守，不和大隊搶一搶，乾坐着內心翻騰，最終只會坐待「下品」，百分之十四啊，誰甘心如此？

所以，最好的準備，未夠，還必須有最壞的打算。要執分，就必須執生。臨場應變最為重要，機會留給有準備的人，如果順理可成章，當然很好。倘若機會沒來，請莫遲疑，立即爭分，立即出口吧！

真的不想再收到對不起的信息了，願每個「對不起」，都可以變成「多謝你」。

幼師的生涯規劃

幾年間，幼兒教育從收費到學券到明年開始的免費計劃，政府的規劃算是對了方向，受惠的學童、家長不斷增加。當大家競力於贏在起跑線或賺在起跑線的時候，幼兒教育的老師們（簡稱幼師）卻在燈火闌珊處，等待一個屬於他們的「生涯規劃」。

別人起跑了，只有幼師仍被逼原地踏步。此話怎講？君不見爭取多年的幼師薪級表仍是君問有期未有期！中小學都有薪級表，人皆有表，惟我獨無？幼師低薪徘徊（很多幼師已具學位資歷），連爭一個可資參考、可累積教學年資、可說明大家同為專業的薪級表都遙遙無期，倘老師的專業發展和「生涯規劃」被摒棄於教育改革以外，此一改革，是名不正，亦言不順。

教育局說，不設幼師薪級表，是因為制訂教師加薪幅度會令政府需為相關開支「包底」，理由何其牽強！請問，這個包底到底需要多少開支？是不是政府窮到一個點，不帶金錢，空談改革？說到底，幼師薪級表難道不值得包？在沒有薪級表的情況下，幼師的資歷如何得到保障？

「老師可能希望體驗不同的教學模式而轉幼稚園，但因年資不獲認可，轉工可能從最低起薪點做起，期望能有薪酬表供參照，加強專業保障。」一個值得我們重視的幼師，只有一個卑微的要求。政府推展免費幼教，必須同時正視幼師的待遇，才能留住人才，確保質素。

我不是幼師，如沒那一次經歷，我未必能明白幼師生涯之苦。

前陣子，我被妻子罵為「怪獸父親」，「今時今日，那有父親不陪兒子上play group的」？原來怪獸一詞早有新解，結果當然是我要陪太子遊戲，至少一節。

那一節，叫任教中學的我大開眼界。約兩小時的課堂，幼童約八人，雖各有家長陪同，但橫走的、直走的、斜走的、嚎哭的、鬧情緒的、不聽指令的，各適其適。好一位幼師，指揮若定，口說流利英語，手做示範動作。她用盡千方百計，吸引幼童注意，實在是徹頭徹尾的體力勞動。時而爬地扮火車，時而屈身轉入帳篷，讓幼童跟隨。她不停教詞彙，也不停熱情地叫着幼童的名字。我看在眼裏，一方面暗暗佩服老師的體能，一方面於心不忍，心想，她實在比我更值得擁有一個薪級表。

可以想像，在家長陪讀、錄像機在頭頂的教育現場，幼師的壓力將大到甚麼程度？教育局長提倡學生要重視生涯規劃，敢問局長，老師、幼師難道無須規劃生涯？對幼師而言，政府連基本重視，連一個簡單的薪級表都要走數，同為社會一員，我們實在對不起幼師的愛心和努力。

說真的，如果因此有個慚愧大會，由局長帶領，我一定會報名參加。

行政勿擾

記者問教育，「蒲老師，教育問題千絲萬縷，如果要你集中說一樣，你會說甚麼？」

「問題在行政主導教學、凌駕教學。」我說。

「兩樣？」

「不，一樣，其實是一個觀點。」

「可以詳細說說嗎？」

「可以，唉，但很難說，不如舉幾個例子說明吧，明白的人定會明白。」

例子一，一間學校，校長的權力最大，薪金最高，但絕大部份的校長都不教書，甚至不代課，說穿了，他一個學生都沒有。

例子二，某校外評，一位教育官員觀課，B老師上中國文學，官員課後評說：「我讀英國文學出身，你的教法和我們的不同，你為甚麼……」B老師忍不住回敬：「中文是母語，豈可拿外語來比對？」她一時語塞，如果打分，大概分數一定像我的身高，高不到哪裏去。

例子三，我認識友校兩位中文科老師，P因為中文教得好，迅速升職副校長，此後專管人事，不再教學了。與擅長的教學分手，與不擅長的行政交手，P說：「難道有職不升？」T也因為中文教得好，學校特「邀」他多上幾節課，多補幾天課，學校表示很重視他，只是明眼人都知道，T無職可升，無薪可加，更不要說天天睡眠不足了。

例子四，不管甚麼科目，全部一刀切。甚麼意思？比方說，教學使用資訊科技比率要提升到某個百分比，所有科目都要跟隨。問題是，每個學科皆有不同的學習形式及理念，為何必須為同一數據服務？還不要說近來成為顯學的所謂跨學科研究，科科有本難唸的書，自身未料理好，就四處愛人？

例子五，雖說每一科都有自己的課程研究與探討，但回到教學現場，最有權力要求學科宏調、微調的人，偏偏不是該科出身的前線人員、專家或學者。

例子六……

「蒲老師，我想這幾個例子已經足夠，然則，你有甚麼好建議？」

「不敢當。愚見認為，教學應該擺脱行政的死纏，擁有應得的地位和回報。簡言之，盡量做到行政勿擾。」

「如何具體實踐？」

「要讓老師以追求卓越教學為目標，就必須行政配合，不來干擾就是最好的配合。書教得好的老師，除了得到學生認同之外，一樣可以升職、加薪，升職以後，不必轉營行政，而是在最擅長的教學與研究教學中繼續前行。怎麼說呢？簡言之，隊分兩條，一條教學，一條行政，各有地位。」

「你認為你的教育夢甚麼時候可以達成？或者說，你何日才會夢醒？」

「真的不知道，這個多年藍圖就交給偉大的行政人員定奪吧！」

興趣與壓力＝陽光與陰影

壓力，總像許許多多不如意的事一樣，來得不可理喻。昨夜又從夢中驚醒了。夢中，我被老師追收數學功課，無論我怎樣努力，做到滿頭大汗，還是無法得出正確的答案，數學不及格，心如被冰水漫遊。驚醒之後，才慢慢曉得是個教了十多年中文的老師，很早就不用接觸數學，這才放鬆下來。同樣的夢，在身心俱疲的日子，發得特別多。

我對自己發這樣的夢有着同情與理解。回想中學階段，讀男校，同學都以數理見長，我當然不想落後。然而，人家計數，易如反掌，我計數，如同反腸（答案還拿不到分數），累積兩三課，數疊數，名次年年被擠在後頭。數學於他們，是曼谷的陽光，於我，卻是一直苦隨的陰影。

若問讀書壓力，最初因何而起？要讀一科才能不夠、興趣不足的科目，未必是主因，重點在你被要求在這麼一科中拿取高分，不行？對不起，你要被高等教育摒棄門外，我不努力嗎？不是。設想當年數學，如果全港的及格率如今日的中文科，只有百分之五十，我幾乎可以肯定，中五之後，只有社會大學願意收留，社會大學的校友甚至包括數學每一次都零分的文學泰斗錢鍾書。

十根手指有長短，任你如何栽培尾指，都不可能與中指看齊。教育上，我們明白要因材施教，到兼顧現實，又大多異化成因「財」施教，計算一輪，還是問：「甚麼學校的家長們背景最好？」、「讀甚麼學科賺錢最易？」、「讀甚麼學科最不辛苦？」至於個人的才能與興趣，早就被集體（包括很多一直強調為你好的人）製造的喧囂壓得透不過氣。

三三四新學制下，中二下學期就得選科，沿讀三年，能轉科的機會不多。中三這一選，基本已牽繫三年之後的大學選科。中三同學，尚在摸索興趣，發掘才能的階段，我站在教育前線，不難發現近年的同學比以往出現更多興趣與現實的掙扎，甚至是，同學想選AB兩科，父母卻想選CD兩科，南轅北轍，可最後得勝的，多數是父母。又或為了升學部署，退修原本喜歡的科目。

教育功利，功利教育。興趣、才能、現實，多少落空與錯配？魯迅棄醫從文，白先勇從水利工程轉讀外文系，已是大學的事，現在也未必容易。

中五讀白先勇的〈驀然回首〉，對課文幾句話記憶猶新：「一個人的志趣，是勉強不來的……台灣學校的風氣，男孩子以理工為上，法商次之，文史則屬下乘，我在水利系的功課很好，是系裏的第一名，但那只是分數高……，父親搬出古訓說：『行有餘力，則以學文。』我含糊應道：『人各有志』。」

說到關鍵處，就是教育和社會對「人各有志」這句話的尊重和認同。有人喜歡讀書，有人不喜歡讀書，有人喜歡神科，有人喜歡凡科，社會能否提供多元出路？這才是重點。回顧教育現場，卻是頭痛醫腳，病了仍要化濃妝，學習沒興趣？是老師教得悶。考試成績差？是老師沒照顧好學習差異。所以，培訓老師就能解決問題？

人各有志，人各有夢，人各有趣，人各有才，這些差異不能收窄，也不必收窄。尊重差異，各自擁抱志趣，少發些驚慄的夢，就好。

家校同心燒雞翼

星期六，晨曦初現，天朗氣清，確是親近大自然的好日子。鬧鐘響到第三遍了，陳老師大力一拍，緩緩伸了個比平日更懶的懶腰。換過一身勁裝，心情反更沉重。來不及吃早餐，更加來不及多想今天活着的意義，陳老師索性把肚子留給燒雞翼，急忙擠進回校的地鐵車廂。

多架旅遊巴已經停泊在杏壇學校門口，每架車的擋風玻璃都貼着「家校同心燒烤樂」。陳老師上了A車，點好人數後，車隊浩浩蕩蕩地向燒烤樂園出發。

「史太、林太、張太、郭太，我們又見面了，很高興今次我們可以編成一組，共享燒烤爐。」

「家寶、一心、念慈、有容，你們都來了！」

陳老師與同組的四名家長及四名學生閒聊起來。

「我家寶平時在學校的表現如何？」林太率先打開話匣子。看着就在身旁的家寶，陳老師面有難色，但瞬間回復專業水平：「表現尚好，仍不乏進步空間。」「哦。」陳太對這個回覆似乎頗有保留。

「陳老師，不知為甚麼一心上次中文默書的分數那麼低？」張太接着說。

「好像有八十五分啊，如果他不是分了心，應該可以滿分。」

「各位各位，今日的主題是燒烤，我們還是回到燒烤的話題吧。」陳老師希望能轉一轉話題。

待排好了炭陣，放好了炭精後，陳老師便把起爐之責交給有容及張太，以提升他們的滿足感。

接着，圍爐閒話，學校的是非像飄於半空的炭屑，早被天空默許卻又無法澄清。好不容易，話題才能重入正軌。

「陳老師，最近忙嗎？」林太問。

「有點忙，趕交分，還有幾疊文未改，下星期還有家教會分享呢？」

「我下星期一定帶念慈去撐場。」

「多謝你支持家教會的活動，還每次都帶念慈來，真是難得！」

說這句話的時候，陳老師不自覺地震了一下，原因不明。

「你這麼漂亮，有男朋友了吧？我朋友兒子做醫生，不如……」張太打趣說。

「這是貴子弟想問的問題？」

「不是，是我『八卦』，多口問句，你不要見怪啊！」

「怎會呢，只是我最近委實太忙……哎，這隻雞翼熟了，先給念慈嚐嚐吧！」陳老師把叉上的雞翼移往念慈的紙碟。

「向老師說多謝啦，都快升高中了。」林太半哄念慈說。

終身帶飯學習

「嘩，星期三晚三場全爆，星期六兩場又爆！」

木獨老師說的時候不無感慨。可不是因為意想不到的賽馬結果，而是因為報讀培訓課程不果。

木獨老師一直響應（或者說被響應）終身學習的號召，課程稍一微調，教師培訓課程即如集中推出的新股一樣向散戶招手，務求足額認購。上了培訓課程，渾身都有力，自可無懼課程變改。培訓機構是保薦人，陪老師邁向美好明天，有他們包底，課程自然不怕改完又改。

培訓好，可以帶薪帶假參與？想也別這樣想。培訓，一般設在平日黃昏的六至九，開完各種老師會議後趕去，大概就會稍稍遲到。「稍稍」？怎樣理解？遲到是肯定的了，但尚屬培訓機構及導師的可接受範圍，反正一定有人更遲。夕陽無限好，可惜木獨老師幾乎沒有了黃昏。六點前吃晚飯，實在太早；九點之後呢，又實在太遲，徒令胃酸倒流。

於是木獨老師選擇帶飯進修，或者匆匆的在快餐店買一個漢堡，配一杯中汽水，在培訓課上安撫加班的肚子，很有點中年人求學的不羈浪漫。現代培訓故事，榮辱面前，務先抓緊衣食。

導師是個花白鬍子，看在眼裏，也不責罵，大概已經習以為常。他甚至想伸出援手，幫忙吃掉不守秩序的一眾薯條。

木獨與導師本是相識，他認識的導師說話本來結結巴巴，何以今晚口若懸河？翻翻丟在桌上的課程簡介，原來今晚已是第三十場。即是說，花白鬍子之前已經有二十九次的綵排經驗，難怪課程內容似曾相識，演繹卻士別三「月」，刮目相看。一時之間，木獨老師也不知道，誰是培訓的真正受惠者？

「時間還餘一小時，像上次一樣吧，七個同學一組，最後十五分鐘找代表出來匯報……」木獨老師人如其名，每每獲選為組代表。

「不要怕吃虧，學到的東西一定更多……」木獨老師常常這樣教學生，並身體力行。

十節八節之後，木獨老師照例獲頒證書，學分則撥入個人的進修戶口。一年下來，木獨老師取得的證書可當牆紙，均勻地佈滿整個蝸居。他拿着證書，如抱住九代單傳的嬰兒，眼中亦似有淚光。

「明天一定要給學校複印一份。」校長在批准他進修的時候，只說過這樣的一句話。

披星戴月，木獨老師終於回家了。打開家門，一片漆黑，原來同是教師的妻子還沒回家。他趕快洗個澡，收好了講義，拿出一些字體凌亂的原稿紙，改了七、八份，忘記過了多久，才等得太太回來……

「鬧鐘在你那邊，幫我按一按。」

「按幾多點？」

「五點吧。」

他們的對話，和昨晚、前晚的，一樣。

會考作文題目仿作：樓梯與升降機

P校五年前建了一座新教學大樓，定了一條新校規：只有老師才可以乘升降機，學生一律只能步樓梯，除非特別情況。

比如說學生打球受傷吧。自從有了升降機之後，學生「受傷」的情況急速上升。這一次，門剛打開，N老師即發現近八個學生集體「受傷」。「N Sir，有容踢球傷了腿，我們扶他上課室。」N Sir 沒有問原因，倒是家寶先行解釋。

「很好啊，你們的友情真深厚！」N語畢，一眾學生，受傷的與陪受傷的皆笑作一團，機門又再打開的時候，他們很快就跑出了N的視線範圍。

有時也遇到同一班的三四個學生，分工合作，每人拿十本八本練習簿，既是執行公務，自可公然使用升降機。最近幾年，N 如常要求學生幫忙到教員室簿架取習作，舉手示意幫忙的同學日漸減少，只有一件事例外，那就是，假使那一堂有測驗，學生必定爭相幫忙。

「升降機壞了，今次要走八層樓梯。」N補充說。

「沒問題，幫助老師是好應該的。」昨晚沒溫習的同學搶着說。N籠統地統計了一下，熱心幫忙的學生，超過半班。

最近，西翼的升降機常壞，同事都說它過勞。這部升降機很有個性，會困人，但只會困人一會兒，便又極力掙扎地完成使命，把老師們運往課室。老師誨人不倦，它也載人不倦。有一次，N沒想到會成為被困的主角，層數是到達了，累極的升降機勉強打開幾吋，不夠通人，便像被甚麼卡住似的一動不動，和N一起被困的，還有一位女Miss。對不起，Miss當然是女的，N複述的時候不忘作出修正。

電梯困人，橋段似曾相識，實有幾分浪漫張力。然而，N老師這節有課，他急忙想辦法通知外界，幸好手機信號在這危急關頭仍有半格，可惜沒接手機的，竟是很安全的那個對象。

「裏面的人請保持鎮定，已經叫了人來。」電梯靠牆的氣孔忽然傳來校務處職員的慰問，氣氛頓時變得緊張起來。N第一次後悔沒有行樓梯。

「我第一節有堂，請通知6D學生，老師不是曠課，是被升降機困住了。」N逐字吞吐，他同時聯想到一個畫面：全班6D學生正在拍手歡呼。

「真有緣，我們竟然一起被困。」N本來準備從童年開始向Miss講述他的奮鬥過程，如果有時間還會旁及他對時局的看法。

「開……開了……N Sir，沒事了。」Miss似乎比N更惶恐。

「才困人十分鐘，這部機還真沒出息，罷工也不堅持一下。Miss你不用怕……」N總能維持一貫幽默。

經過了這件事，N明白君子不立危「機」之下，決定減少乘搭次數。然而，教員室在九樓，上課的地點多在三、四樓，對於剛步入中年的N來說，樓梯與升降機皆為不宜多吃的魚與熊掌。選擇樓梯的好處是快慢由人，自主性高，但礙於高處不勝行，危乎高哉，N也只能一天行兩三回。

升降機的門打開了。進？還是不進？實在是個問題。進麼？十多個同事早從不同層數塞進機廂，看到門外等候的N，各人都盡量挪移身體，讓出僅能多容一人的空間。此時進去，會否尷尬地響起超溫馨提示？確實比出一份測驗卷還要惱人。不諱言說，站在近門口的Miss C還暗暗皺着眉頭呢，特別是夏天，她會不會正想着：「不是吧，這窄窄的空間還容得下你，你走入來，是另有些甚麼企圖吧！」

就有這麼一次，T做好收腹動作，勉強擠進去，才升到中層，忽聞一聲悶響如餓鼓輕敲。

「對不起，我未吃早餐。此年頭教書，找吃艱難。」T用一貫的幽默打圓場。可是升降機內誰都沒開懷大笑，大概連放開懷抱的空間也不足夠。

N Sir從此在還未吃早餐的時候，愛上了樓梯。

「有時是趕時間，沒辦法。」N說這句話的時候，酸酸的讓人感到真的已經沒甚麼辦法了。看到高層就在不遠處盤算老師是否準時進課室，N即緊張得不斷按動呼召升降機的按扭，一雙腳好像高層手錶裏的秒針，拚命地追趕這個世界，還有自己。

升降機內的N正趕着時間，他要從九樓到二樓，七樓的門打開了，進了一位，他關門，按六字，千呼萬喚始開來，就為了坐一層？這時候的N，恰恰像周遊列國的孔子遇上道家的世外高人，一經交流，才明白世上真有慢活這回事。不但自己慢活，還邀請他人一同實踐。

開學兩個月，有一天，東西兩翼的升降機同時罷工，N倒很不以為然。

「反正現在大家都要行樓梯，公平。」N說的時候，有點幸災樂禍。

男校・男人四十

偶翻莊元生老師的散文集《如夢紀》，內有一篇〈哀樂中年〉，提到張學友主演的電影《男人四十》。張學友飾演中年中文老師，「他在授課時，嘻皮笑臉，表情生動誇張，用盡了流行的詞語來討好學生，然而學生卻毫不領情，其實學生已被明星偶像要寶搞笑、像小丑一樣的表演模式寵壞了。」

我今天早上的課節不是也這樣過去的嗎？此時此處我模樣，倍有共鳴。梧桐更兼細雨，中年麻甩更兼教上男校，同樣別有一番滋味，在心頭。不，豈只在心頭！

開學的第一課，我用沉甸甸、殘損的手掌打開課室門，一如往年，我認為（如果有錯請同學好心告訴我）大概有好幾位同學很是失望，怎麼推門而入的不是那些受歡迎的年輕女老師？他們對我很失望，我也對他們很失望，日子如舊會過去，心情卻始終膠着。

中文科要辦一個中三課後增潤課程，同學自由報名。中三同學紛紛向自己班的中文老師探詢誰是導師，「如果是 Miss P 教，我一定報」；「Miss T 也不錯」，課室一時沸揚，誰是導師？這個懸念成功潤澤了整個增潤課程。

不說大家可能已經猜得出，我就是課程的導師。為甚麼不在學生回條中列明？說來也許你不信，一旦說出，隨時其門如爛市，一片蕭條。騙得了一節，騙不到第二節。盡力吧，生命影響生命，同學何嘗不也是在影響老師？於是，我決定用張學友劇中的授課方式，望能減少流失率。

〈哀樂中年〉一文同時提到，「老師在課堂上越無尊嚴，在現實生活中反而對尊嚴過份地敏感。」這句哲語甚難參得透，卻讓我聯想更多。

有一次，一位從不多言的學生誠誠懇懇向準備授課的我走來，「蒲 sir，有件事想和你商量一下」，「請說」，同學用語有禮，我暗暗動容。「蒲 sir，我們知你人好，想問你借這堂課。」「借堂？有比上中文課更重要的東西嗎？」「我們想為 Miss P 慶祝生日……」

實在豈有此理。我當然沒有借出那堂課，誰叫他們沒邀請我一起參加（說笑，不可當真！）「我星期五生日」，我向同學作出補充。「哦，是嗎？蒲 Sir，HB 呀，Happy Birthday。」

另有一次，學生不受教，我在下課鐘聲響起前動之以情，哽咽得沒有言語，只有將滴未滴的眼淚，我以為他們會在第二天作出安慰的表示，誰料他們顏色如常，像甚麼事都沒發生。我看過同樣哽咽的年輕女老師，她第二天就收到賠罪的花束。

「蒲老師，書教了這麼多年，累嗎？」視學官窩心的問我。

「不累，教育是偉大的事業，我每天都充滿力量，並且非常盼望上課。」我急着回應，流利如往年。

遙對教員室窗外的是幾株鳳凰木，不久前才紅透半邊天，如今又回歸平淡。

我的中同

「不走位、不回防、不追人……」K精準地用九個字概括我們剛重聚的中學同屆足球隊。二十多年過去了，日漸「三高」，「三不」自是不能逃避的副產品。

「夠一隊人，就好」，T作了一個令大家都很滿意的客觀總結，說的時候，不無蒼涼之感。

中學同學，簡稱中同，好像是歲月逼迫，擠壓出來的另一個化名。中年逢中同，別有一番滋味。球場上，一身勁裝打扮。球衣集體訂做，背後印一個只有中同會心微笑的藝名，不問價買一對軟熟的「釘鞋」，膝頭對下的護pad越綁越大，驟看軍容鼎盛，鬥心昂揚。熱身呢？不能不做，更怕做得太過，否則寓操於賽，才出場就氣喘，只會惹來另一個氣喘人的大聲「問候」。這一切準備，非為強攻對手，而是為了保護自己，但望全身而退。

踢球以外，更喜歡的是拍照，特別是開賽之前來一張全家福。經驗多了，當知拍照一環無謂置於賽後，一則面容扭曲，二則垂頭喪氣。臉書看照，徒添唏噓，正式確認，樣子自中學過後，不可能有奇蹟了。明白，幸好你是中同，我不妒忌，因為大家都那麼公平地轉變着。

男校中同，回憶份外粗獷。球賽過後，大家同往更衣沐浴，明明燈火通明，卻像陰影處處。如果你讀的是男校，你一定明白我背後的意思。如今赤子之身已如通貨「膨脹」，只好找來一條比當年大兩倍的毛巾，企圖遮掩不只大兩倍的肥腩。

球賽過後，渾身舒暢，中同們心情大好，以為跑了兩三圈就盡得運動精粹，於是消夜樂甚，魚肉往來，觥籌交錯，口沒遮攔，如像當年。甚麼都談，就是不談下場如何可以打好些。

此時手機聲響，勉強取得夜的關注，B 聽後，眉頭隱隱鎖了一下，我們誰都知道也誰都明白，B 多次提過，今次能「假釋」出來，是太太在球賽前一天發出了通行證，妻恩浩蕩。

中同們雖身同感受，仍然盡情挖苦B，誰叫他當年在聯校活動曾經叱咤一時，令我們恨得牙癢癢！

眾人彷彿回到中學時的無聊日子：沒學琴、沒外傭跟身、沒多少零用。拿一個足球，到石地場跟隊；包一個西瓜波，在學校踢到黃昏清場。每年一度的班級旅行，說來難得，我們卻老遠車轉船船轉車的跑到貝澳踢沙灘足球。如何共度那些無聊時間成為了我和中同的其他學習經歷和集體回憶。我們得感謝母校，沒有補課，也不分分計較。

「馬騮，不要飲，你待會還要載我回家。」這就是中同的坦率，禮多人會怪。

「沒問題，在山道放低你。」

謝謝我的中同，謝謝讓我們認識的母校——聖保羅書院。

我變成了牛頭馬面

自從文憑試中文科被戲稱或定名為「死亡之卷」以後，中文科老師彷彿也隨之成為牛頭、馬面。明明沒有殺死伯仁，伯仁卻以為我害他致死，着實不安，像人到中年，仍老發着被中學老師追收功課的夢。很不安怎去優雅？我不知道。

「今天是放榜日，你為甚麼不到禮堂？學生需要你的支持和輔導啊！」

「校長，我有回來，但沒有到禮堂，因為我情緒很差，一樣需要支持和輔導。」

這是兩年前，某間英中男校的校長和中文科主任的對話，科主任非他，正是區區在下。看官或罵我不夠專業，而責我好應該悲喜不形於色，即管隨眾到禮堂向考生說些成績不代表一切的通識「安慰」，不是更好嗎？

我不願別人見我淚眼，只默默寫了〈警鐘為英中而敲〉和〈中文科為甚麼成為死亡之卷〉兩文，痛陳觀點，我不願意眼淚白流，包括這一篇。

如此悲傷，成績是否敬陪校際末席？當然不是，原因在於新制度，高要求，以及一連串對中文科的不理解。

時間很快來到二〇一五年的文憑試，考過中文科後，大部份師生皆認為試卷正路，方向明晰。我不敢太早放鬆，假如達標的比率不變，無論深淺，中文科仍是死亡之卷。關鍵就在，誰真的懂所謂水平參照的實際運作？最後，成績公佈了，中文科能否掙脫死亡之卷的形象，得以保外就醫？不可以。全體考生，取得第 3 等或以上（符合中文科報讀大學學位的最低要求）的比率，仍然徘徊（或掙扎於）五成。差不多等如說，兩個人考中文科，其中的一個就不能達標。

放榜前一晚，我路經離家不遠的熟食中心，巧遇十幾個放榜前約出來開心飯敍的中六學生，彼此説幾句相對輕鬆的話，我看着他們樂孜孜的身影，心裏很清楚，其中的三兩個，一定未能達標。我不敢直言，男生的達標率還要比女生低兩成，只有四成男生能取得 3 等或以上，我略懂理智分析，心卻隱隱作痛。

非常時期，逐漸浮現非常現象。有些學校，十多個中文科老師，無一願意升主任職；有些學校，科主任寧願減薪降職，甚至提早退休，力求逃離風眼。這些不尋常病徵到底寓示甚麼痛症？或有人説，大幅提高對中文科考核的要求，不是可以讓社會更重視中文嗎？老師，這難道非你所願？唉，自己境況慘澹，換一個未成形的願景，值得不值得，我真的不知道。只是幾年過去了，我真的想脱下牛頭、馬面的臉具，做一個正常人。

我只知道，離最初把我引進中文教育的構想是越來越遠了。冠者五六人，童子六七人，浴乎沂，風乎舞雩。青草地上，師生共坐，各言其志……只盼相逢，在夢中。這時候，商業哲學打斷了夢景：做得辛苦，走吧，你不做，很多人爭着做，你收了薪水，你應份，你活該……

拾起•拾年

今夏，曾相約幾位大學同學重訪港大文學院、中文系，我們走過的地方，或者也有過張愛玲的足跡。再過二、三十年，會不會有後來者提起我們的故事？一樣的荷香，一樣的蟬聲輕鳴。而一樣在中文學會會房徘徊的我們，畢業多年後重遊舊地，在朦朧間看見太古堂不遠處那招手的年輕人時，你是親切而期待擁抱？還是陌生而立心躲避？

走遠一點，從黃克兢徐朗星文娛中心通往中山階，中間是一條長走廊，晚上的燈光淡淡黃黃，長廊的盡頭會不會突然出現另一個過客？我們不知道。長廊的牆上貼了很多不同學會的海報，我們走走看看。其中一張的標題是「拾起•拾年」，是的，畢業遠超十年了，十年中我們拾起過甚麼？會不會有點像長廊的燈光，它遇過很多燦爛的人，而自己卻始終淡黃。

十年一覺，自孔子說「三十而立，四十不惑，五十知天命，六十耳順，七十而從心所欲不逾矩」開始，已知道十年一大變，除了要適應身心靈的轉變之外，也是自省吾身的時候。

「拾起 ● 拾年」，我們拾起了甚麼，又遺失了甚麼？「拾起」，看似必有所得，但本來只能算是得失互抵的套戥過程。拾起要拾起的東西，代價必是卑躬或者屈膝，除非有軟飯可吃，有人替你收拾，否則別無二途。

十年來我們是否都一樣？

拾起一紙虛張學問的證書，遺失百次心曠神怡的夜色；拾起四壁淡素的牆紙，遺失天地遼闊的風景；拾起幾本褪色的相冊，遺失幾段愛情的信仰。拾起幾套西服，遺失幾件球衣；一本存摺沒用完，幾個錢包已用破；多了些朋友，少了份義氣；多了身份，少了感覺。還有……可惜記性，漸漸無法跟上想要陳述的過程。

十年的感覺雖像蛋黃色般帶點蒼涼，終歸仍令人不捨。因為，接下來的那個十年，可以預見套戥機制只會容易套牢，連硬幣都不容易戥下。這個偏頗之勢，將如聯匯脱鈎，而且一去不返，造成一連串失衡的局面：要拾起的東西沉重如通縮，不想遺失的東西持續如通脹。中間，是整整十年的滯脹。

遺失的東西逐漸增多，卑躬屈膝逐漸無力；想愛太遲、要生太老；吃得太油、秤得太重；樓梯太高，體檢太多；旺角太遠，電腦太深；指點太多，讚美太少；色不迷人，人卻自迷；躭於搖頭，懶於前瞻；工作減少了，怨氣加深了；睡眠雖不多，鼻鼾反加緊；記憶不夠用，手機嫌太新；留不住父母，催不得孩子。內心要吶喊，出口卻無言。

讀書的時候，想催促時間；老大的時候，想挽留形象。古今多少事，雖不許自決，卻可付諸笑談。與其催生，或者恨遲，不如慢下來，或者早一點。讓三十歸於而立，而不要「不逾矩」；讓六十而耳順，而拒製「是非」。而我，在新舊交替的縫隙間，也應立心不和十年前的青春鬥快，當然，也不向十年後的壯年賣老。

因此，我最好最好的朋友，只能是一起成長的你們。

所以，下次相約，記得要出來，讓彼此看看對方。只有看見你那跟我同步延伸的眼尾，我的恐懼才能稍稍減退。

問卷世界

書面的、口頭的、網上的，一年下來，你做過多少份問卷調查？發表過多少寶貴意見？

我沒有具體統計，最具體的形容，是多不勝數。先生，你幾歲？可以不告知實際年齡，有二十五至三十四、三十五至四十四、四十五至五十四；唉，不要逼我想年齡好嗎？不打緊，不知道年齡也可，我們公司最近推出一款新產品，專為不想記起自己年齡的男士而設……

從沒聽人説「幸好沒錯過這份精彩問卷」之類的話，多的反而是「別浪費時間，直接説想怎樣吧」，那好，就直接説好了：「快填吧，別阻我得出數據！」「百分之四十讚好，還不夠？」「就怕人家把重點放在仍有百分之六十沒讚好！」數據稱霸天下，此處自然是問卷世界。

問卷太多，填的人很容易掉以輕心，一個不留神，隨時中伏。

教育界流傳一件「美談」，升級作「奇談」，亦無不可。某校舉行教職員會議，校長與一名資深老師又不知因為甚麼事而爭持不下，去到一個點，校長終於忍不住爆發：「你以為我不知道嗎？你每年都在問卷填衰學校，居心何在？」一眾老師恍然大悟，戰戰兢兢，心想：「校長是怎樣知道的，問卷明明説是不記名。」

每次説起這件事，同工都笑作一團，數分鐘後，卻又悲從中來。中庸老師一如以往向同工做整理分析：「其實校方沒錯，問卷真的不記名，沒叫你寫名字，不代表不知道你填的是甚麼？」同座的五常老師甚為訝異：「不可能吧，莫非有人偷看問卷？」

中庸老師狀甚高明地含笑道：「方法太多了。例如可在派發問卷之前先掃描暗碼，或者要求你網上填問卷，附個人專用的登入編號及密碼，不用記名，但你所填的是甚麼，要知道不難。」

「哦，原來如此！」中庸老師這天心情好，便又分享多些見解：「你們知道我為甚麼叫中庸嗎？不就是因問卷而起！我早知道這遊戲規則，所以每逢要表態的項目，一至五等，我統統填三，偶爾一兩個二、四，省事，一分鐘做完。」頌德老師聽進耳中，不以為然地加了一句：「不如甚麼都讚好，豈不更妙，像上一次，我統統填一。」五常老師甚為訝異：「但上一次好像轉了制，一代表極差，五才是極好！」

「哦，你中伏了！」

「所以說，我的中庸之道不是浪得虛名的，經得起各式問卷的考驗。」中庸老師露出自傲的眼神，但隨即發出沉重的嘆息：

「其實，問卷真是一門高深的學問，從出題、設定選項、預設分析結果，讓做問卷的人覺得饒有意義，等等，難度比出DSE的模擬卷更難。教育界最重視數據，難怪那些問卷專家都當時得令了。設問卷與做問卷，看似簡單，實則都是藝術的演繹及較量。」

「既不得不認真，又認真不得。」五常老師教的是藝術，此時一語道破。

數據奴隸

「今年我科大幅負增值，慘，又要寫改進計劃。」甲老師說。

「今年我科大幅正增值，慘，明年一定無以為繼。」乙老師說。

「今年我科『輕微』正增值，大步檻過。」丙老師說。

假如甲乙丙分別是三所學校的科主任，又是好朋友，那麼根據他們所說的學校學科表現指標，最有可能請吃飯的應該依次為丙、乙、甲（當然，如果甲請吃飯的話，大概只有一個原因，就是刺激過度）。

不是乙應該請吃飯嗎？大幅正增值，還扮可憐？莫生氣，人生不是一條數。類似故事發生在教育界，早就見慣不怪，尤其是數據和圖表派橫直都行的今時今日。

不應如此！明明我們為學科增值表現數據分析進行的一次後數據分

析，都指明應該由乙請吃飯。算了吧，複雜的人事豈區區數字可解！說穿了，甲乙丙都有請吃飯的理由，如下：

甲：今年大幅負增值，說明下一年取得正增值的機會就越大。取九十分，只餘十分的進步空間；取十分，卻有九十分的進步空間。

乙：大幅正增值，至少曾經擁有，好應該放煙花慶祝。

丙：不贏不輸之道，心跳最正常。

筆者認識一名超級名校的老師，她負責的學科今年負增值，表面看是今年的學生考得差，但業內人士很清楚，原因是她上年的學生考得太好（其實一直沒差過）。若光看所謂的增值指標，誰真能判斷那個數字的用處以及背後的潛理解？

學科增值指標，只是其中一個例子，其他如全港性系統評估（TSA），中一入學前學科測驗（Pre-Secondary One Hong Kong Attainment Test）都有可商榷之處。

嘗試商榷一下吧。如果教育局將一直堅持求學不是求分數這黃金命題，那一定得同時思考：教學不是為分數。一連串架床疊屋的數據分析竟已成為教學的金剛箍，老師怎會不頭痛？

我們明白，每一項數據，如主事者言，都有一個好的出發點，如父母愛子，本質無疑。但也可如有些人說，每一次相見都是一段久別重逢，我們不會質疑說話者對重逢的期盼，但受話人的感覺呢？他可能認為最好不要重逢。

數據確實告訴我們一些「東西」；問題是，這些東西究竟有多少用途？是否必須通過這樣才能呈現？做數、入數、解數；我重複：做數，入數，解數，教育局要求學校交出亮麗數據，學校對學生說，學校是你家，所以數據必須一齊參加。

問題來了，主理人說，你必須提出一個更無懈可擊的數據，才能商榷這個數十年行之有效的數據。可以說詳細些嗎？

「請自行分析，我沒牙力說下去」，主理人說。

從是非群組說起

某中學向家長發通告，要求正視子弟使用 WhatsApp 群組而引發的幾個問題，包括抄襲功課、搬弄是非、群黨排擠、言語欺淩、用詞粗鄙、邀約假期外出遊玩等。群組由數人至二十人組成，校方明言曾書面警告學生，個別也需跟進輔導。

通告看似煞有介事，實則用心良苦。此苦必也包括面對資訊科技高速發展的不安與落寞。套用現時教育界最流行的「反思」一詞，我們不妨也反思一下。且讓 WhatsApp 群組從學校走進社會，成熟為議員群組、家長群組、同事群組、校友群組、朋友群組。請問這些群組都在交流甚麼？難道是人生理想？凡有人聚集的地方，能逃得掉搬弄是非、群黨排擠、言語欺淩、邀約外出嗎？到底不能。友人告知，坊間其實有不少家長WhatsApp 群組，指點校政、品評老師，實則何異於搬弄是非、群黨排擠、言語欺淩（當然，此例沒有數據支持）。曾因類似事件而遭受校方懲罰的同學，能心服嗎？

由此說起，資訊科技的發展顯然利弊參半、善惡雜陳。有人發明網上遊戲，財源滾滾；有人沉迷網上遊戲，一事無成。同理，資訊科技可為教育帶來多少效益？似也不能一概而論。觀乎香港今日的教育現場，高舉科技旗幟，鑼鼓齊鳴，不論大中小學幼稚園，群起高唱科技之歌。不論甚麼科目，率皆以運用資訊科技為王道，不穿上電子的外衣，彷彿就不夠時髦，也違反學校冠冕堂皇的短期目標與長期願景。

科目不同，理念不同，被科技萬能一刀切的結果自是近於一體化，遠於個性化。以中文科為例，萬物有情，豈必電腦？蘇東坡說：「惟江上之清風，與山間之明月，耳得之而為聲，目遇之而成色」；感悟，就是這麼一回事。杜甫詩「感時花濺淚」，電腦果然做出有趣的卡通，有一朵花在流淚，然而，看的人能因此「感時」嗎？開卷有益，掩卷嘆息，搖動人心，乃有共鳴、會意，這才真能深入文章的情意。蘿蔔青菜，各有所好，有的人喜歡看電子書，有的人喜歡看實體書。不必互相排斥，更不必為了討好科技的使用率而削足就履。

教育界需要持平、客觀地評價資訊科技的教育效能，而不是盲目崇拜。筆者教了十多年中文科，發現改文日漸痛苦，除了因為年紀日漸老大之外，更大的原因，是文字上的「失聯」。同學寫了很多字，而我無從明白那是甚麼字，我只知道，他寫了很多，我改了很久。很多人離開了電腦，就不會寫字了。

而教人想不到的是，科技文明，倒是深化了抄襲功課、搬弄是非、群黨排擠、言語欺淩、用詞粗鄙等行為。可見教育之難。老子說：「五色令人目盲，五音令人耳聾，五味令人口爽，馳騁畋獵令人心發狂」，確是高見。我等凡夫俗子宜再一次加以反思（希望只是心中反思，而不必上網填表）。

走得太快 • 我跟不上

「以上嘉賓係金管局同證監會嘅持牌人以上談及過嘅結構性產品並無抵押品如果發行人三個月無力償債或違法投資者可能無法收回部份或全部應收款項結構性產品嘅價格可以急升可以急跌投資者或會蒙受投資嘅全盤損失而過往表現並非未來表現嘅指標所以投資前呢請參讀上市公司嘅文件作出風險評估同埋尋求專家嘅意見。」

財經女主播僅用十六秒便一字不漏讀畢這段內容，來不及補上標點，速度比高鐵還要快。語速超快，有甚麼問題？問題不大。大概沒有人會注意內容吧，她已履行合約，完成呼籲之責，即使講得慢，我也不會明白話裏主旨，何況她在挑戰人類速讀極限？

大家都在感嘆女主播神乎其技，卻鮮有人會談談這個現象的詭異！

只要在煙盒註明吸煙危害健康，煙商就已經盡了責任；只要賣沉迷賭博等於倒錢落海，再不然給出一條戒賭熱線，馬會就可繼續開發不同形式的賭博。

如那些隱藏在銷售合約的一個個蝌蚪字，總會有一把聲音暗中告訴你：「不要説我沒有提醒你，有甚麼事也別指望能把我告，你自己不看清楚，不聽清楚，怪誰？」女主播很幽默，何必讓青春在無謂的事情上多花一秒？

上星期三，我和另一位老師主持口語考試，她也以近乎女主播的速度讀出以下一段：

「討論開始，大家首先依貼紙編號輪流發言，一分鐘為限。發言時限屆滿，我們會舉手示意，發言即須停止。然後是自由發言，次數不限，但要留意發言時間的長短，如果壟斷或霸佔發言的機會，不讓別人發言，我們會扣分。鐘聲再響時，表示討論結束。」

考生面面相覷，卻無甚反應。他們似乎早就知道，或者根本沒興趣知道。老師讀得快，也背得快，不論校內校外，這段話用得着的次數還真不多！老師讀得快，顯見這段話無關重要，按指引執行了，反正指引沒對速度進行指引。

回想過去一年，有多少會議不為結論，而是為交差而開，為開而開？討論過多少件事情，但求保護自己，盡把責任往對方推，然後為做而做？印過多少份會議紀錄，派給多少個並不很相關的人，為寫而寫，為派而派？為了向友誼交差，做過多少份問卷，答過多少條不同形式的問題，接觸過多少個圖表，才得出女人比男人更怕蟑螂的「分析」？我們的社會是否已不再年輕？為了證實存在，就拚命嚕嚕囌囌，無目的地為講而講，為做而做。如果這篇文不幸被認為應包括在內，本人於此表示極度遺憾。

我只是忽然有感，我們一直提倡環保，卻忘了節約。當然包括我自己，因為我還得趕快背好「討論開始，大家首先……」

浩氣壯河山

耀升隊長、同學：

送你的那個星期六晚上，步出暢行道，面前是特別深沉的一夜，並不通暢。眼睛像被黑布長久遮蓋過卻又忽然移開，本來並不很強烈的路燈光直教人不敢目視。我低着頭走在紅磡多變的街道，一個人不知何往。

「耀升很英勇，令人敬佩，深信天必看顧。我是他高中的中文科老師，能和他結一段師生緣，深感榮幸。」臨別前我鼓起勇氣，向你的妻子表達對你的思念。希望告訴她，你是一個永遠會讓老師懷念的好學生。

「他的中文不好。」也許是想起一些你鬧出笑話的片段，她強忍悲痛，嘴角輕揚了一下。我可以想像，你的金句可能和烏龍的事件一樣多。

才不呢！你的中文是不可能不好的。且讓我們回到二〇〇一至〇三年的高中中文課。那些年，你交來的作文，常常是三張原稿紙（當然也有遲交的時候），字體不算美，但夠大，有力，工整，很男子漢。文筆流暢，內容正氣，意旨鮮明，老師讀得容易，紅筆自然甚少上場。我記得，那些文章是我很喜歡收到的那一種。

中文課必然包括人生理想，品德情意，因此我們在課堂也必然探討過「義利之辨」、「人禽之辨」、「魚與熊掌」、「捨生取義」等課題，座中也自然有幾個同學對此不以為然，甚至嗤之以鼻，認為怎可能真會有人做得到。但你不會這樣想，你不多言，不卑也不亢，我知道你一直鞭策自己，不論課室內外，你總是讓人覺得，在管理好自己之餘，一定還有餘力可以幫助他人，建立更美好的團體。

孟子說：「人皆有不忍人之心。今人乍見孺子將入於井，皆有怵惕惻隱之心。」耀升，你惦念他人，忘了自己。深入火場，盡一切之努力肩荷救急扶危的職責，這份英勇中之大勇，不畏不怯，怎不教人肅然起敬？你真真正正實踐了課本上說的最高尚情操。讀聖賢書，所為何事？

照此看，你的中文與品德，實在已超出分數所能計算的範圍。

紅磡街頭，往事如藏在街角。課室以外，我們打籃球、踢足球，青春作伴，有時同一隊，有時不。你身手靈活，見我沒搶得籃球，會刻意傳我三兩球，用心良苦，我怎會不知道？你遲發育，我看着你長高，但至高也不過一百七十多些吧，據報你中學畢業之後竟打進港大籃球隊，像你這高度可打大學籃球隊？你做到了，我可以想像你曾下過的決心和付出過的毅力。

「我想對這個團隊做些事，望能有所改變。」隊友說你一直懷抱這個單純信念，我可以證明你的人品，這句話確實應該出自你口中。為甚麼我會這麼對你有信心？那是一位老師的本能直覺，最清楚的還有揮之不去的回憶和此刻吹過下眼簾的風。

我冒着讓愛你的人再次傷感的罪名，再一次提到你，希望你母校的師弟，以及其他青年子弟，都會一直傳揚你英勇的事蹟，且為你的品德、情意深深動容。

耀升同學，君浩氣壯河山，真乃大情大義，我信天地有情，必也將深深的以你為念。

蒲葦

二〇一六年七月二十八日

編者註：二〇一六年六月二十一日，牛頭角工業大廈四級大火，高級消防隊長張耀升及消防隊目許志傑英勇殉職。蒲葦是張耀升高中時候的中文科老師。

豪情還剩一襟晚照

很多老師在教人的時候都會想起教過自己的老師，要麼很快樂，要麼很落寞，我也不例外，可惜大部份的時間皆屬於後者。

特別是教過我的中文或文學老師，形象泊於腦海，他們腹有詩書氣自華，個性獨特，行事瀟灑，即使白髮漁樵江渚上，也像慣看秋月春風。偶有煩惱，也是「一壺濁酒喜相逢，古今多少事，都付笑談中」。甚至「呼兒將出換美酒，與爾同銷萬古愁」。

鏡頭一轉，落到深受這種形象所迷而教了二十年中文、文學的我。在同一間學校，「青山依舊在」，豪情都在哪？老師，你騙人？還是不中用的是我？還有這個時代？

「阿 Sir，你貼題吧！」

一言驚醒我的是一位中四學生，剛上完期中試前的一節古文課，我幫他們複習考試範圍，只考三首唐詩。

「貼題？好吧，留心聽好啊，題目必出《山居秋暝》、《月下獨酌》及《登樓》三首詩。」

我氣說如上，同學自不是一副好臉色。甚麼詩意、詩旨、詩風全不關心，他們要的是試題，最好加送一些私題。

以前好像不是這樣的，老師，你騙人。

午飯後的一節是中六中文課，公開試快到了，應該有些大戰氣氛吧。對！說的是剛才開打的班際籃球賽，其激烈程度足以讓球員把原屬於午飯時間的飯盒移到課室，我打開書，他打開飯盒，上個星期警告過他，今個星期宣告失效。

「為甚麼要在課室吃飯？」

「打籃球。」

「可不可以收起飯盒？」

「好肚餓，很快吃完就會收起。」

我無言，就這樣，生氣可使人堅強或脆弱得無法當甚麼事都沒有發生過。我無法如常地完成課節。身為資深老師，我慚愧。但以前好像不是這樣的。老師，你騙人。

好不容易戰到放學，回到窄窄只容得下數班練習的座位。我該做甚麼？一時也未能回過神來。啊，對了，先要找出那個每年都要更改而每年必會忘記的登入密碼，好像與其餘數十個冰冷的組合囚禁於無何有之鄉，若找不出來，就無法pass，然後連Word都開不到。就像準備的每一節課，即使很有point，但沒做PowerPoint，說出來也被認為沒Power。現在寫英文字要用大楷了，以前我的眼睛不是這樣的。

正想聚精會神去細改一份綜合統測的時候，兩名同學又從教員室的對講機把我召去。

「阿 Sir，我這篇文你可以再看看嗎？為甚麼取不到中上分？」

「阿 Sir，篇文我寫了兩段，你可以替我看看是否扣題，然後我再寫下去！」

離開校園之時，兩旁已是萬家燈火，我想起你，我的老師。豪情還剩一襟晚照，現在想起來，老師你倒是沒有騙我。

《師生有情》編後記

——請不要忘記我

「人家也教書，一份工已忙到不可開交，你還有時間編書寫書？」朋友起疑。

「因為我不甘心，而且還很貪心。」

就這麼斬釘截鐵，狠狠地打發了朋友。到得自己一個，朋友的話又化成負能量。是的，做一個中文老師，今時今日，要做好「本分」都難，我又憑甚麼不甘心？設若我貪心最盡，又貪到了甚麼？

打開一本考試狀元秘笈，一位中文科考獲 5 星星的狀元說：「老師的最重要作用不在於上課時講解課文內容，而在於下課後解答你對課本和歷屆試題的疑問及在課後為你批改額外功課。」原來，把老師用到盡，就是狀元的成功之道！

誰甘心就這樣被人用完即棄？又是誰偷走了我們一直嚮往的最最純真的師生情意？難道我的月薪純粹代表我提供服務的報酬？

做老師可要成熟一點啊，不要動氣。所謂的成熟，所謂的不動氣，彷彿叫人適應某種荒蕪，那裏貧瘠、乾旱，無喜無悲得接近一無所有。

這本書，就是源自不甘心而做的一點點實事。

很貪心與不甘心是難兄難弟，我承認我很貪心，既貪別人所貪，還要在平凡的日子，貪感動，貪感覺。從約稿開始，困難總比辦法多，復又擔心沒人買沒人看。

救我的是文字和情意。一段段感動人心的師生對話，有時一個月來一篇，有時一星期來三四篇，我一邊閱讀，一邊為老師與學生的文章定標題。臉紅都要說，對住冷漠的熒幕，我心暖而淚熱。我貪到了，貪到了很多感動，我想起了影響我很多的老師，想起說過受我影響的學生，便又如此這般地，在人家工作朝六晚七的尋常日子，奢侈地感動過一場又一場。一方面，情感沉澱復沉澱，另一方面在教育界渾身解數，賣弄一連串的生存技巧。我以為，大概誰都在這種分崩離析中過日子，而又習以為常。

日復日，年復年，可以剩下甚麼應該剩下甚麼？我時而迷失時而積極得像餓極的虎。早陣子，我去過城大，去過港大，沒料到幾乎每走幾步就看到熟悉的臉孔，他們親切的一聲老師，和煦如外頭的陽光。我知道，日子原來很厚道，它在歲月無聲中厚待着每一位辛勤的老師。

在學生們的信中，有幾位不忘叮囑他們的老師，成書後，不要忘記送他們一本。每看到同類的叮囑，就多一份情感的包袱。因此，無論如何，此書不能不出。要堅持下去，一定要讓這卑微而情意極濃的盼望變成真實。而如今我終於可以說，老師們，你們可以把書送給同學了；同學們，你們可以把書送給老師了，嗯不，買一本吧，買一本送給老師，大家都會更感動。

宋思進老師在此書說：「你來自另一條邨，我來自另一個區。人來人往間，你我都在這裏遺下了足跡，如茶杯留在玻璃桌面上的印，它們分明出現過，待時間一抹，便失去了蹤影。」浪漫如詩，略帶淒美，師生一場，會不會也只能宿命成「分明出現過，待時間一抹，便失去了蹤影」？我和宋老師都但願不止於如此，而是如影隨形，就讓我們一直成為理想的浪漫派吧！

學生畢業的時候，我們最想向他們說：「願你一切都好，如果可以，請不要忘記我！」雖然，從校內步出校外，任彼此如何不捨，還是會轉眼失去了蹤影。

書出版了，我們可以叫學生拿住，叮嚀與祝福，都濃縮在這裏。到真的不再聯絡，我也希望這本書能成為各位書桌的一分子，當失意來訪，你得重新聽聽最清悅的心聲，尋回最最純粹的情意。蹤影不曾消失，一直都在，就藏在你追尋理想的勇氣裏。

大家加油！

編者註：《師生有情》由蒲葦主編，三聯出版，載有二十三組師生真誠的書信往還，盼望在日漸異化的中文教育中返璞歸真，呼籲當局把時間還給老師，讓老師把時間還給學生，讓師生之間的純真情懷，在功利計算的教育現場，重新發揮巨大的力量。

得天下英才而互勉之

老師有權選擇學生嗎？應該沒有但也可以有。任教學校的老師按編配教授，隨緣相遇，有教無「類（累）」。但孟子說：「君子有三樂。父母俱存，兄弟無故，一樂也；仰不愧於天，俯不怍於人，二樂也；得天下英才而教育之，三樂也。」倘能有選擇餘地，老師心裏的另一把聲音，是「得天下英才而教育之」，令薪火得傳。當然，師者應該謙卑，我便把題目微調為「得天下英才而互勉之」。

踏入二〇一七，無甚特別，生活如二〇一六，教書的日子卻悄悄地從第十九年累積到第二十年。不知哪裏來的念頭，忽然想立個宏願，竟然說做就做，寫成〈丁酉•宏願〉，並濫用資訊科技通知想知和不想知的人，內容包括：

「我不能幹，但有抱負，並願多作嘗試。為了報答中文老師給我的言傳身教，我願為中文教育多做點事，開辦非一般的 5 星星中文研習班，費用全免，盼能培育、協助更多以文教事業為職志的同學。有興趣的同學可連同一篇題為〈我和我的志向〉的文章電郵至……」

消息沒瘋傳，卻如願群組化。反應像教員室的水機，一邊冷一邊暖。近日天氣轉寒，幸好暖的那邊沒壞掉。臨近截止之時，竟收到一段又一段暖暖的文字，叫人不得不用來大振軍心。

（一）我參加了《明報》舉辦的首屆小作家培訓計劃。猶記得在開幕典禮上，潘國森教授説文字的力量很大，不可小覷，因此每個作家需負「文責」，用語文來造就別人的生命。這番話深深打動了我。我的志向不再只是當作家——而是要當一個有品德原則、真誠而不失靈動的作家。

（二）中三選科時，大家都對理科趨之若鶩，而中國文學則被公認為一科「差科」，既難讀，又缺乏「錢途」。全級只有我和五位同學在意願表上填了這科，仍未達開班人數。令我最感可惜的是，不少人非對文學沒興趣，而是礙於就業、家人反對等考慮而放棄。於是我積極游説各班同學，勸他們堅持夢想，學好五千年的文化傳承。五個月後正式選科時，結果令我喜出望外，竟共有二十二位同學入讀！我的摯友亦決定修讀，我們得以互相砥礪、在寫作的路上彼此扶持。

（三）早前在名校群組看見抨擊文科價值的文章很不是味兒。文字陪伴我渡過每一個低谷。我不願說話，文字便幫我將心裏的話慢慢傳達出來。它幫我與家人、朋友溝通，為我找到那些可以幫助我的人，讓我得到救贖。

看到一段段真誠的文字，如同看見一個個真誠的「我」在面前表達他的抱負和夢想。這個非一般的研習班怎能不開？我怎能一直躲在自己的學校而不與他們互相砥礪，在中文教育及寫作路上互相扶持？

雖然，我明明知道一個形象像孟子的智慧老人，會翹首輕笑：「人之患在好為人師。」就當我被文字打敗，我也甘心。我不在乎人家評論我是成功或失敗，只盼望有人認同我的努力和嘗試！對，定下宏願就是我們的第一課。

給V：還要不要做中文老師？

親愛的V同學：

高考完了，成績出了，你將來還要不要做中文老師？你滿心疑惑，教了你兩年的中文老師應該出場了。

理想很重要。所謂理想，大義未必在於「實現」，而是在於「追尋」。一直追，一直尋，一直找不到，直至疲累，你還是一樣懷念，那就是生命力，那就是青春。別人都叫你放棄，甚至有人訕笑，你仍然堅持，孤身獨尋。陪你追尋的同伴，由始至終只有一個，它叫傲骨。

傲骨，是在不傷害他人的前提下保有自我，既不干擾天氣，又不影響市容，重點在不忘本份。顯然，中文老師是一條不容易走的路，因為旁人太多，噓聲太大。

從今以後，我們再沒課節轇轕，分數高低與我無關，於是我可以名正言順理所當然地偏心你，用所能用的力去撐你。面對班內唯一一個立志繼承老師職志的年輕人，如果我不偏心，恐怕正義的朋友也看不過眼。

知道你聯招選的全是中文系，我表面冷漠得叫你失望，實情是內心竊喜，像一個父親，口中一直罵着犬兒，心裏卻暗喜兒子很有些部份像他一樣。大概就是這感覺吧。

為甚麼我覺得你將來可以成為好老師？對不起，恕我直言，我一直沒打算從你的學業成績入手。失望吧？不要失望，成績很好的老師太多了，我見過很多成績無懈可擊但當起老師卻不堪一擊（或激？）的人了。

你最大的優點，是親和力。

親和力，要有，似易非易，也得講天分。有一天，有個中二同學向你訴苦，包括他家的不幸、無助。明知你幫不到，他還是選擇告訴你。這就是親和力，這就是同理心，我以為，師生關係是核心，賣藝式的教學手段，搔得到身，卻搔不到深心的癢處。這一處，其實最盼望有人來關注。

當我的年紀逐漸告別將就將就，而至於不親不和的時候，我更加懂得，親和力有多重要。親和力，你不必用上甚麼手段，學生已經願意來親近，這多好哇！我心目中的好老師，不是指點我要這樣那樣，也不是好心告誡我要如何迎合俗世規矩的那一種。我最大的盼望，是老師明知我這樣那樣，都願意聆聽我的想法，接受我的選擇。可以罰我，但不要不屑我的不好。鄙視的眼神，像憐憫一樣叫人討厭。

兩年前，中六開學，還不到一個月，在兩節我認為上得無咎無譽的文學課後，你一臉認真，鄭重在門口截停我：「老師，你可不可以轉一轉教學的模式？」我一時語塞，心裏實是很不爽，像一個深資童軍被童子軍質疑，心想：「我身上的徽章多過你家中的總和，甚麼時候到你說三道四？」

直到心魔說累，我再徐徐想起，便能從正面的角度看問題，不得不佩服你的坦率，甚至尊重你是一個可以交手的同學。教學相長，這是一例。

後來呢？我記得我微微調整了教學模式，讓你在文學班上有多些說話的機會，似乎再沒有收到你的投訴了，是這樣嗎？

工作於人生至關重要，三十歲前，失戀慘過失業；三十歲後，失業慘過失戀。故此，方向必須明確，擇業必須謹慎。一旦工作，就要立志做點成績出來。

工作和使命感，好比一篇文章的形式與內容。套用孟子的話，是「在位故也」。俗話也說「做這官來行這禮」，老師也是很講實際的工作，不必一來就好高鶩遠。

舉一個例子，很多二十出頭的年輕人，在應徵老師的信中，動輒就說要以生命影響生命，似乎忘記了自己不過是初出茅廬，他一定有能力去影響別人的生命嗎？不是生命影響生命，腳踏實地的說法，是生命關心生命，是「不獨親其親不獨子其子」，是「大道之行也天下為公」的入世關懷。你未必有能力影響學生，但V，你一定有關心學生的能力，和願望。

至於文藝創作，則不然，應該要要個性，這種特色，你一向亦步亦趨，自有風格。話到中段，容許我延伸一些清晰一些的說，中文老師是職業，是工作，與文人，與創作，基本上是兩回事。文章寫得好，喜歡創作，不見得就能成為中文老師。

工作與興趣，像不穩定的情侶關係，三數日便會吵一吵。文藝、寫作，如果你真要我給忠告，那就是，切莫以為文藝可以代替職業。文藝一般只能當興趣，像去公園散步，去海旁散心，如果天天如此，反而變得憂鬱。

可以因為已經沒有興趣而放棄成為中文老師，但不要因為遇到困難而放棄理想，這是對理想的無理取鬧。

喧鬧的場景，不是真象。比如說同班同學吧，放榜前互相鼓勵，放榜日抱頭痛哭，擊掌、同情、安慰，全是過眼雲煙。你回家，打開大門，一片漆黑，這場殘局，還是要一個人收拾。你打開面書，這個說入了港大，那個說入了中大，有些甚至說着迎新有多難受。天呀，你看到這些，誰會明白你的心情，誰會憐你寂寥？也許有，但多數，不會有。

高考放榜，之前幾天一直訓練自己不聞不問，決定不早過你們看成績，結果當天一早還是看了；決定不下去課室找你們，結果還是去了。結果，課室未到，梯間就已碰面，L和K陪住你，一早料到，你不可能接受這成績，曾經高傲的眼神直直被流出的淚水肆意蹂躪。

你沒有預計那樣的時候碰見我，似乎哭得更厲害。你哽咽地說了好幾句對不起，同歌同哭，我一時不知到底是我對你不起還是你對我不起，只知會說對不起的學生已經絕無僅有。

你更沒能預料，之後的事更可怕，我就這樣站着陪哭，眼淚似乎還要比你多。陪你哭，因為你說的對不起，因為我明白這有多失望。我陪你失望卻沒有陪你不甘心，這麼多年了，我早明白考試是甚麼一回事。自己可能失手，但人家的成功絕非僥倖。

好幾年前，有一個做生意的朋友，說你們當老師，生命是黑白的，悶極了。我說有些人很貪心，他既要做老師，又想追求七彩繽紛的人生，可以嗎？為甚麼不可以？追求嘛，象徵耐力又寄寓生命力，結果或許慘白，過程卻多姿多采。而說穿了，誰人到得最後，不是慘白或者漆黑？

富貴貧苦，人雖有異，仍有太多的相同。愛情，是萬千感覺，終歸於一場宿命；友情，是千帆並舉，終歸於孤舟疏笠。至於親情，但須擔起大任，根本不容你細細思量。生之責，相同之處難以擺脫，不同之處由你演繹，迸出來的不同光芒，就是理想。你是人生藍圖的畫家，調色板就在自己手上。

最後，我打算從實際的一面跟你分析教師這一行業。

做一個全職的學校老師，初出道時，熱情熱誠，可能是一生教得最好的時光，人工反而最低。一教經年，機心長成，一味逃避、卸責，人工反而最高。要做老師，你先要容忍這一點。

在香港教書，待遇還算過得去，只要不賭，不炒股，不在高峰之時買樓，生活可稱安穩。某天早上，我跟母親說要去旅行，她問我幾多號回來，我說：「學校旅行，地點是香港仔郊野公園。」直是相顧無言。如此推算，教到四十幾，我還會一直跟朋友說明天水運會陸運會畢業典禮，然後再也不想向人提起。都參加了幾十個畢業典禮了，怎麼老像還沒畢業？如果你不覺得這樣彆扭，教書也好。

新人入行，得有心理準備，給你吃的都是豬頭骨。新鮮人新鮮事，雖然難捱，基礎功必能相對紮實。姓「屈」的上司，不可怕，反要感謝他給你學習機會。遇到你看他不起的上司，才叫倒楣，好比一心教育，忽然萬念俱灰。如何是好？轉校吧；再轉又再遇到呢？再轉吧！又再遇到呢？苦笑三聲，轉行吧。教幾年書，才二十有幾，轉行很易。不想轉行呢？可以做補習，你有中文老師牌，大不了私補專補全補惡補。

教師這一行，放學之後，有人三點九走，有人七點九走，那麼，你五點九走吧，已經可以心安理得。根據調查，四成中學生有抑鬱傾向；根據另一個調查，四成中學老師也有抑鬱傾向。稱得上是憂鬱校園了，按此推算，你每天進學校，第一個見到的人，很有可能就是憂鬱人士。你看着他他看着你，你懷疑他他同時也懷疑你，彷彿到處都是憂鬱的逃犯。

如何是好？你的熱情派上用場了，就讓快樂，把憂鬱校園變成歡樂天地。愉快學習嘛，這是你的使命。快樂的人，自有無比的感染力，千萬不要輕視這個特質。

寫完了，你還願不願意走已經稍為迂迴的中文老師路？

蒲葦
某年某日

最動人的師生情
——談豐子愷與弘一大師

從一則教育爭議說起

數年前，香港學界出現一件爭議之事，某著名男校因在藝術課聘用裸女供學生作人體寫生而惹來非議，有些人覺得中學生心智未成熟，不宜看真人裸體，如改為照片則沒問題。某教育界組織更倡議以洋娃娃代替裸女，總之，不少人反對那間學校的做法。

倘有關老師是怕事者，只顧恪守規矩與指引，一律以水果、蔬菜作素描對象，藝術是否能如人格，獲得格外的尊重？差不多一百年前，中國漫畫之父豐子愷剛小學畢業，考入了杭州浙江省立第一師範學校，在那裏，他有幸遇到影響他一生的名師李叔同（後來的弘一大師）。豐子愷回憶說：「我們的圖畫科改由向來教音樂而常常請假的李叔同先生教授了。李先生的教法在我覺得甚為新奇。」新奇在哪？其中一項是李先生已經聘用一個實實在在的「真」人供學生作人體寫生。不要忘記，那是一百年前，然則，這百年間的藝術教育，是進步還是退步？

豐子愷以四個字概括弘一大師對他一生最大的影響，那就是：像一個人。老師對學生最大的影響，來自人格魅力，而非課程領導。今日思之，當是從最初的教育開始。豐子愷語帶雙關，說李叔同常常請假，但他顯然並非出於指責，良師對學生的影響，豈在於實際課節的多少？老師雖然時常請假，但無阻其魅力。今天教育界補課成風，師生關係，首先被規定於課堂、課時的框框，如何能生出動人的情誼？利申：筆者為中文老師，不忍見教育界將瘋狂補課正常化、合理化，姑備一說，勿怪為盼。

言歸正傳。浙江省立第一師範學校，顧名思義，是一所師範學校，專門訓練學生成為小學老師。論名氣，當非一級，但豐子愷因緣際會，得遇名師，真是他的造化。且看他開列的老師名單，國文老師：夏丏尊；美術、音樂：李叔同。由此可見，名校並非盡是名師，名師也非盡在名校。

最重要的得着是：學做一個人

豐子愷仰慕李叔同的才學，說：「他博學多能，其國文比國文先生更高；其英文比英文先生更高；其歷史比歷史先生更高；其常識比博物先生更富，又是書法金石的專家，中國話劇的鼻祖。他不是只能教圖畫音樂，他是拿許多別的學問為背景而教他的圖畫音樂。」良師對豐子愷的影響是多方面的，音樂、繪畫、書法、日語，當然最重要的是：做一個人。藝術須走到群眾裏去，不要高高在上。

豐氏自言，夏丏尊先生屬於媽媽的教育，李叔同則屬於爸爸的教育。李叔同對九歲喪父的豐子愷來說，確實比爸爸更爸爸。身教，至少與言教並重。李叔同謙謙君子，上課時向學生鞠躬，下課時也向學生鞠躬。「他（李叔同）從來不罵人，從來不責備人；然而個個學生真心的怕他，真心的學習他，真心的崇拜他。」結果是，凡李叔同喜歡的，豐子愷都喜歡。可見良師都能以德服人，而非假仗威權。

良師必能發掘學生的長處，因材施教。李叔同鼓勵豐子愷把重點放在繪畫事情上，果然眼光獨到。李叔同與一般老師不同，他更願意讚美和鼓勵學生，有一次，他對豐子愷說：「你的畫進步很快！我在所教的學生中，從來沒有見過這樣快速的進步！」這是何等振奮人心的鼓勵！難怪豐子愷聽到這兩句話，會「猶如暮春的柳絮受了一陣急烈的東風，要大變方向而突進了。」李叔同又鼓勵豐子愷課餘跟其學習日文，又不忘給予其機會，用心栽培他、提攜他。例如：李叔同的日本朋友來杭州寫生時，豐子愷獲委以接待重任，打開了日本的人脈關係；其後豐氏到日本遊學，接待他的就是這幾位日本朋友。此一因緣，實緣於李叔同。

教了數年，豐子愷仍未畢業，李叔同已決定剃度出家。豐子愷是少數參與送別老師的人，臨別，李叔同將自己早期的畫稿及美術材料等贈與豐子愷，希望他好好保存。師生互信，令人動容。

感人的師生互動

良師能終生啟發學生，然而師生之間能否擦出動人火花，還端視彼此能否產生互動。

李、豐之師生情誼比一般更動人，因為身為學生的豐子愷並不只是口說感激那麼簡單，而是終生都在實踐對師恩的報答和回饋。師生不只能相處於課室，更能體現於日常生活。一九二七年，弘一大師到上海，便居於豐子愷家，生活由學生照料。豐子愷一直欣賞老師的作品，比如弘一大師的名作《送別》。有一次，豐子愷的幼女豐一吟想教鄰家女孩唱這首歌，豐子愷認為兒童應該樂觀快樂，故依據老師的舊曲，譜上新詞：

長亭外，古道邊，芳草碧連天。晚風拂柳笛聲殘，夕陽山外山。
天之涯，地之角，知交半零落。一瓢濁酒盡餘歡，今宵別夢寒。

星期天，天氣晴。大家去遊春。過了一村又一村，到處好風景。
桃花紅，楊柳青，菜花似黃金。唱歌聲裏拍手聲，一陣又一陣。

此為美談之一。一九四八年，弘一大師已圓寂多年。名成利就的豐子愷回到廈門，仍然不忘師恩，作〈我與弘一法師〉的演講，感嘆「今日我來師已去，摩挲楊柳立多時」，且奔赴泉州，憑弔弘一大師圓寂之地。幾年後，他又與葉聖陶等人集資於杭州虎跑山為弘一大師築起舍利塔，並出版《弘一法師遺墨》、《弘一法師遺墨續集》等向老師致敬。報答師恩，一生從不間斷，感人至深。

尤其不得不談師生的五十年之約。一九二九年，弘一大師五十歲，豐子愷繪了五十幅畫，結集成《護生畫集》，以為老師賀壽。書中每畫皆配弘一大師的題字，亦五十頁。其後師徒約定，弘一大師六十歲時，畫六十幅，餘此類推，直到一百歲。多少年過去了，弘一大師早已圓寂，但豐子愷仍然堅守諾言，更發願為其師造像一百尊，其對師恩之難忘，實在不下於子貢之於夫子。

豐子愷幸遇李叔同，李叔同也幸遇豐子愷。二人既是付出者，也是收穫者，演繹了最動人的師生情誼。

現代的師生都寂寞嗎？

隨手翻開一本《5**狀元必備手冊》，內有一位狀元大談老師的作用，他說：「老師的最大作用，在於下課後解答你對課文和歷屆試題的疑問，及在課後為你批改功課。」目標為本，這位同學也許不覺得有甚麼問題，也許只是筆者多心，為此感到寂寞和落寞。

DSE放榜了，多少學校刻意標榜他們的合格率，又有多少學校刻意隱藏他們的合格率？學生成績成為老師表現的指標，同為老師、學生的你們，寂寞嗎？

我寂寞，尤其看到李叔同和豐子愷的故事。

為學生的新書寫序

——文字的天空，是清爽藍

八年前，我是阿修同學中四中五的中文科老師；八年過去，阿修同學要出版他的第一本小說，希望我這個過氣的中文老師寫幾句序言。對一個中文老師來說，大概這是既不可以也不應該推卻的任務，在阿修同學畢業八年之後，他自發交來一份更加圓滿而且彌足珍貴的中文功課，讓他的老師重新發現，文字的天空，果然是清爽藍；而阿修同學年輕的天空，也已經青出於藍。

阿修同學，全名叫黃穎脩（按：脩、修相通）。中四時，第一次叫名字派功課，幾乎被「脩」字考起，憑模糊印象，《戰國策》說「鄒忌脩八尺有餘」，避無可避，就讀黃穎「修」吧，博一博，幸好沒錯。不然，阿修同學可能就不會找我寫序了。

怕記憶有誤，我又翻查了阿修同學的校內紀錄，我沒發現有扣過他操行分，大概也不曾叱罵他，師生最有可能不友好的不明朗因素都消除掉了，是以一直能維持良好的師友關係，雖不常聯絡，但非常關注對方的動向。

為寫這篇序，我也做了一些功課。二〇〇五年度的中五畢業冊上，編輯形容阿修同學：「本班的中文精讀王，曾經是歌詠團的一分子，為人勤奮，深得『訥於言而敏於行』之精粹，而對中國文化有濃厚之興趣。博覽群書，對文章有不少獨樹一幟的見解。」兩年之後，二〇〇七年度的中七畢業冊，另一位同學又形容他：「為人務實沉穩，中正圓融，甚得儒家所提中庸之道。在學業之上雖然並非每一種都非常突出，但卻是樣樣實力平均，而且皆於前列位置。曾經是學長以及中文學會副會長。甚具領袖能力，而對中文這科尤其感興趣，故此常有創見。」

和一些聖保羅男校的學生一樣，阿修同學讀理科精英班，大學沒選文科，卻一直深喜文學創作，而且取得極為優異的成績。兩段形容同時指出他對中文科的熱愛，我可證明的確如此。阿修同學生得一副書生模樣，按古代標準，也許和鄒忌一樣「脩八尺有餘」。他眼神堅定，話不多，但凡測驗考試，關於讀本問題的，他總能給出精準的答案，難怪同學稱他為「精讀王」。我問問題，如果阿修同學不懂回答，我就無謂再問。至於作文，他總寫得比別人多一倍半倍，由於文從字順，我可以看頭看尾就輕描淡寫，給他也不為過的高分數。結果，會考放榜，阿修同學中文奪A而回，如果我是補習天王，一定會急忙找他補拍一張合照。

我們最終沒有合照，我故作嚴師模樣，對他奪A不以為然，因為他當得起更大的期望。

大學時期，阿修同學左腦想小說，右腦想詩，得過青年文學獎。我這樣寫來不無妒忌，因為我沒得過青年文學獎，當然，我可以自圓其說，因為我也沒參加過青年文學獎，直到失去參加資格都不曾參加過，所以，阿修同學青出於藍這個說法，幾已正式確立。

阿修同學的《年輕的天空，年輕的詩》是一部青春作品：選科、理想、朋友之間的義氣、暗戀的甜蜜、親人的愛護，皆令人感到清新可喜，親切得叫人回到成長的起點。男主角子恆及女主角曉晴，最後回到他們的中學母校，當起舊生老師，社會最終沒能污染他們的理想，而他們也得以回到浪漫的起點。返璞歸真，在這個日益複雜的社會，我們說不出有多嚮往。

小說中的子恆喜歡寫詩，中文老師陳主任邀他放學後共乘電車，從德輔道中的海味街到堅尼地城，「詩要繼續寫」；「詩就是生活」，老師鼓勵子恆。這段情節我別有會心，尤其放諸現在着重機械式操練的中文教育，師生的交往，往往止於試題紙上的論兵佈陣，至於甚麼畢業營，甚麼師生一起約出來吃個飯之類，正是老師沒時間，學生也不希罕。社會鬧着情緒病，教育界也躁狂起來。

我一定不懷疑中文老師陳主任對子恆的影響，如同我也不懷疑自己對阿修同學或多或少的影響。做他中文老師的那幾年，大概是我教學生涯最美好的歲月，儀態萬千，風度翩翩（至少我極力想這樣表現自己），工作不很勤奮，但和學生的交往深具質感，很多片段及臉孔，至今難忘。也就是因為深入到學生的生活裏去，才知道因材施教有多重要。因材施教，就是因應學生的不同才性，予以不同的開導，或諄諄告誡，或互相抬槓，總之，不一而足，大前提是：大家都重視對方，重視對方的評價，那，早就超出了工作的範圍。那叫做使命，快樂地影響着別人，這，專責管人的人怎可能懂得？

記得有一次，阿修同學那一班嘗試新詩創作，我把同學的佳句撮錄下來，與同學們一起探究當中的優點缺點。阿修有幾句是這樣寫的：每當／我躺在無痕的夜幕／我就會／聽見蟬兒吱吱／嫋嫋的／在我腦海／起舞迴轉。不見得怎樣精奇，但初步可見他的細緻，並懂得拉佈情感，不是稍言即止，而是由此及彼，徐徐延伸開去。幾年之後，阿修同學的詩脫胎換骨，寫得比我更好，像《年輕的天空》內的一首：

綠色的出口牌在背後凝住
你抬頭，望向傍晚時份的天空
說那是一片沉睡的深藍

你為我披上綿衣
還提起那一個嚴冬
而你彷彿早已忘記了風寒
更像那年大病一場後，習慣了傷痛
你站在月台的黃線內
潮濕的風迎面吹過
你沒有別過臉
在風中憶述你的前半生
那我從少聆聽的聲音

然後你開始慨嘆
說現在不過是一片安靜的氛圍
不比以往熱鬧：
列車如常駛過路軌
廣播如常播放
勞碌的人群如常走進勞碌的車站

以一個安靜的呵欠概括一天

關了門，車廂就變得更暗了
望出去，我就看見
深藍下的一團暗綠色
輕輕的在風中晃動
我說那裏的形狀永遠都在轉變
一如沿路擦窗而過的風景
你接着訴說
曾與伴侶偷偷拐了進去
在裏面埋下了久遠的語調
埋下了年輕的心跳
裏面應該還留住
你們一同踏過的枯葉
一同踏過的彎路
但你不敢肯定

說現在都被高樓剪得細碎了
或被重複規劃
但你沒有顯得悲傷
彷彿早已接受了變遷
像你習慣傷痛以後，從不準時吃藥
天冷了也不願披上外套
有時還會怨我囉唆

我們站在靠窗的一角等待
列車停駛，等待其中一個座位
來舒緩你勞累的雙肩
這些年來
你的步伐越來越慢了
並告訴我，當你看到
流動得越來越湍急的人群
影像會漸變模糊

下了車
我們就看見綠色的出口牌
我轉身，看着列車的車尾燈
在這漆黑的天空下
劃了一幅微亮的圖案
在這光速的城市裏還未消失
就被遺忘

盡可以說，教學如扶醉人，扶得東來西又倒。然而，即使東歪西倒，老師播下的種子，早晚還是能結果。阿修同學的詩，其中一個意義，至少，提醒我不應排斥某種工作上應有的積極感。教學相長，師生互相啟發，到底仍在光怪陸離的社會中暗暗發生。

詩要寫得好，要留心觀察身邊的事物，追求精緻的生活，而最重要的是，真真正正的，把情感交出來。我們以為把感情囚禁，用心鎖好，人便莫能傷害，誰知，你有沒有受傷，人家還是一般的過生活，尋且談不上誰着數誰不着數。到回頭看望自己，卻早被自設的生了銹的鐵鏈劃了一道道瘀痕，空待歲月來憐憫。

返璞歸真，在繁忙的工作以外書寫，既是不甘心的掙扎，也掙扎得很不甘心。「你的興趣是甚麼？」「寫詩。」不說別人不知，說了也不怕人家見笑，我也出過幾本書，泥足日漸深陷，深知和文字談戀愛，只能是倩女幽魂。隨着歲月，倩女還是會變中女，需要更有傻勁的年輕人接棒。阿修同學，意在斯乎？現實冷酷，也不會管寫詩的人是真酷還是假酷，反正書就是出了，是那麼具體地，阿修同學告訴我們，他愛寫，而且真的努力成為了作家、詩人。

學生的作品，老師寫序，這就是浪漫。我得感謝阿修同學，他對師友情誼的重視，讓我回到母校，成為中文老師，又添幾分無悔。

總有知音伴我行

各位同學：

《明報》的專欄，蒲葦從九月初寫到六月中，轉眼九個月。今天，編輯大人終於開口：「今期是最後一篇了。」

最後一篇？是的。最後一篇（來年能不能寫或需視乎同學的評價！），就不要談攻略了，攻這攻那，煞氣未免太重。不如像畢業聚餐吧，老師坐在一角，看似甘於寂寞，其實是在苦等畢業同學邀請他上台講幾句。

咳……好，就講幾句吧。同學們，你們畢業了，所謂「業精於勤荒於嬉，行成於思毀於隨」；「學海無涯，唯勤是岸……」

台下有幾個同學開始有點不耐煩，因為他們拍了很多片段，準備連NG一起播。看來，我還是快些真情剖白吧。

日校老師寫攻略，有人欣賞，也有人揶揄：「去做補習天王吧，不要教書了」、「他怎麼可能還有時間寫？一定是不務正業了！」不必為這些人動氣，人生就像一場戲，與其剝花生，不如親自上陣，自己的戲自己演，怕就怕自己不夠投入，演得不夠精彩好了。

希望愛中文的同學不要失去信心，如果噓聲響起，那不過是激勵你上進的打氣聲，而我們將用最具體的事實告訴他們，中文嘛，由始至終，我們沒有錯愛過。

為甚麼說來咬牙切齒？因為我看到很多同學，自稱喜歡中文，卻又無端放棄。早上熱情，黃昏冷漠。有些人被一兩次低分打敗，有些人被一兩句評語打敗，有些人被慵懶打敗，有些人被過高的期望打敗。愛得不夠，感情何能長久？

蒲葦中學時期讀英中，只有中文較好，有人笑我老土，有人笑我大陸佬，我阿Q自嘲，起碼我有一科好，千萬不要把我當泥土。

分數如波濤起伏，忽高忽低，此乃平凡之常理，不必大驚小怪。中文要爭朝夕，更要爭長遠。只要長遠愛中文、不討厭中文，人生定能多添姿彩。

最近很流行一句金句：勿忘初心。甚麼是初心？即是初發之心。廢話乎？也不盡然。當初你為甚麼喜歡中文？當自信偶失，何妨讓自己重新想起，當初為甚麼愛中文？難道只因為曾經高分？

當滿街都是低泣的塵土，企圖蒙蔽初心的時候，我總會想起我的文學老師何福仁，他說：「文學語言與實用語言不同，那是一種審美的形式，要看效果，那牽涉情感、氛圍、腔調、節奏、表述的角度、角色的扮演等等，不是把冗語刪掉，把長句削短，把被動改成主動，那麼一回事而已。……放手讓我們的學生自由地寫，愉快地寫吧，也讓老師愉快地改……與其着眼於文句，不如把心力放在構思上面，深化學生的思維，開拓學生的眼界。」（〈寫和讀的兩個問題〉）

為甚麼愛中文？因為它使我愉悦。為甚麼教中文？因為做中文老師使我愉悅。

同學們，總有知音伴你行。後會有期，並祝

百尺竿頭，更進一步！

蒲葦

六月十二日

寫文章，所為何事？

喜歡寫作的人，可能亦偶有疑問，有這麼多的事情趕着要做，有那麼多好玩的東西等待嘗試，為甚麼仍要花時間心力，寫些不為人重視的東西？我一直也有同樣的疑問。

大概沒有人會再認為文章可換取榮華富貴，在上者如曹丕於〈典論‧論文〉說的「蓋文章，經國之大業，不朽之盛事。年壽有時而盡，榮樂止乎其身。二者必至之常期，未若文章之無窮」，此語對我等凡夫來說，心雖嚮往，現實卻遙不可及。

我不認為寫文章會讓我特別高貴，也不會認為不寫文章的人風雅不足。因為需要，源自喜歡，所以寫文章。生活需要疏理，情緒需要疏導；喜歡心聲能得共鳴，喜歡享受文章得以刊登的快感，喜歡稿費（多少是另一回事！）。直面自己，反而太史公司馬遷的一番話比曹丕更能打動我：「蓋文王拘而演周易，仲尼厄而作《春秋》；屈原放逐，乃賦《離騷》；左丘失明，厥有《國語》；孫子臏腳，兵法脩列；不韋遷蜀，世傳《呂覽》；韓非囚秦，《説難》、《孤憤》……此人皆意有所鬱結，不得通其道，故述往事，思來者。」（〈太史公自序〉）

是的，我得承認自己亦如那些歷經苦難的大作家（高攀了！），同樣意有所鬱結，不得通其道。希望寫作是條出路，讓我實實在在感到自己正和生活對話，發自真誠，又渴望收回。

寫作，豈止是為了摘星！

兩年前，我帶着校內兩位中四同學遠赴杭州參加全國徵文大賽。一天晚上，來自香港不同學校的十多名同學圍夜閒坐，各自表達對不同題目的看法，念頭雲集，不知誰人曾説，每一個念頭，不管怪不怪，都應具有言説的價值。先是説，然後寫，思緒在西湖邊的柳絮旁肆意飛揚，心靈的湖面時而靜靜流動，時而激昂如被投石。

如今，兩位同學於文憑試考獲佳績，各自入了心儀學科，一位讀中大中文系，一位讀中大法律系。兩位同學都喜歡寫作。或者說，他們自覺要寫作，久而久之，也就成了寫作的自覺。寫作，豈止為了摘星！這幾話背後有另一句潛台詞：寫作，不僅能讓你摘下語文的星星！還可以……

一個願意寫作、喜歡寫作的人，絕不容許生活就這樣得過且過。他思考，他追尋，他主動，他刻苦。恰恰好的是，思考、追尋、主動、刻苦，正是DSE，甚至是人生應有的座右銘。

意有所覺，夢亦同趣。同學，如果你願意寫作、喜歡寫作，你已可從文學教育中自我渾圓而趨善，你甚至可以用文字的力量，和生活作更有力的對話。

那一晚，來自不同學校的同學圍坐分享寫作心得，令我聯想到由協恩中學劉智勇老師倡議成立的聯校創作協會，師生和樂的畫面是更具體了。我在文學交流活動中認識劉老師，那時見他拖住一個中腰旅遊喼，份外惹我注目。唐突問他，喼中究是何物？「幫學生領取徵文比賽的獎盃」，他說。其時他一身負累，但神采卻極為飛揚，我知道，一個文學使者，為了文學使命，去到好盡，而學生又有得着的時候，他的神采、風度、氣質，亦在同一時候，不為意地散發出來。

今日此文集正正呈現了老師、同學的成果，個人的、集體的。我為喜歡寫作的同學高興，也為各位默默付出，扶持同學的老師高興。能與各位老師成為同道，深感榮幸！

寫作本質，恆久不變

命題作文，顧及得分，以審題、立意、取材為三大要素，筆者曾作深入分析，於此不贅。教寫作的人，不會滿足於傳授技巧，他最想同學知道及明白寫作的本質：思考生活，用文字表情達意，而又發現無比欣喜。

筆者很任性，硬性希望編輯採納此次不像攻略的攻略，希望同學探尋寫作本質，並盼終會發現，無論考試技巧如何被吹噓得出神入化，年年如風水佈局，寫作的本心，始終沒變。

大作家VS考試局

大作家說甚麼	考試報告怎麼說（二〇一四）
梁實秋：文學的活動是**有紀律的，有標準的，有節制的**。偉大的文學的力量，不藏在情感裏面，而是藏在制裁情感的理性裏面。	很多考生未有仔細閱讀考題，**未有小心檢視題目，只抓住題目中一兩句句子，便匆匆下筆**。（按：平日為文，講求紀律，何況考試？）
林語堂：吾嘗謂文人作文，如婦人育子。懷胎十月，至肚中劇痛，忍無可忍，然後出之。時機未熟，擅自寫作，是瀉痢腹痛誤為分娩。**多閱書籍，沉思好學，是胎教**……	**積學以儲寶**，知識需要長時間才可累積，故在課餘時候，考生必須透過廣泛閱讀，**閱讀古今中外不同類型的好文章**，體會其豐富的內涵，感受其真摯的情懷，從而吸收養分……
沈重文：文章徒重技巧，於是不可免轉入空洞，累贅，蕪雜。文章不重技巧而重思想，方可言之有物，不作枝枝節節描述。	**部份考生於文章內胡亂加插大量的景物描寫**……但卻與文章的立意毫不相關。這不但干擾了文章的主題發展，影響了篇章結構，更破壞文章的整體風格。

大作家說甚麼	考試報告怎麼說（二〇一四）
魯迅： 凡有一人的主張，得了贊和，是促其前進的，得了反對，是促其奮鬥的。**（非常正面，充滿能量）**	（考生應）**認真地練習寫作，不斷的反思和改進，自能寫得好文章**。
余光中： 我所期待的散文，應該**有聲、有色、有光**。	寫作時，考生可饒有趣味地把個人對生活的細緻觀察和深刻體會（光？），以清麗流暢的文辭表達，**事情景理兼備，感動讀者，啟迪人生**。
張曉風： 散文作者可能因為所描述的事物是真實的，**而且作者本人也包含在該事件之內，而予讀者十分可親的感覺**。雖然小說、戲劇和詩裏也各自有作者的影子——但散文作者不是顯示影子而已，他經常以第一人稱發言，他所寫的是他本人的遭遇、他的看法或他的心境。	選材，**根據題旨，從個人親身經歷**、生活見聞、書本知識、時人雋語等去想像、聯想，再作出分析，比較，**然後選取一些具深刻意義和動人情韻的題材**。

作家團隊沒有贏，考試局也沒有輸。大家對如何寫好一篇文章的看法一脈相承，賽事和局終結，平分春色。

同學們，抓緊寫作的本質，享受文字帶來的樂趣吧！聽，原稿紙在等待和呼喚你啊！

離島遠近

八月十日，星期天，家庭日，據親情預設的程序，我應該與家人共聚茶樓。今天卻不一樣，七點起床，從西環趕到東涌站，參加《中學生文藝月刊》一年一度的離島遊。非常規的星期天，尚未出發，已知難忘，不依成規的事情一般最令人難忘。

集合地點集合了十五人，不多不少，一圍加三張圓櫈，剛好成團。團友是風景的一部份，大家守時守禮，情景互答，更加爽快怡人。是日天清氣爽，熱而不毒，可以選一定選這天，懂得遊一定遊大澳。

遊於是乎此。走過無數的小路、大路、直路、彎路，旅遊巴最後施施然到達大澳。聞名已久的東方威尼斯就在眼前。水鄉有情，至少有終生廝守的河道與橋樑，只要不被人騷擾，就能接生一叢叢欣欣的紅樹林，微風過處，輕擺如招手，遊者亦隨之心動。大澳位處離島，可這「離」卻是那麼遠這麼近，實在應該改稱來島，它不在使人欲離，而在使人欲來。

大澳是漁民蜑家人的聚居地，一排一排的棚屋靠岸而建，棚屋的木腳直率地插入河中，局部裸泳。屋的年歲多大，可從重心腳積存多少老泥知之，傲骨屹立風霜，廉頗老矣，卻有不倒之勢。棚屋有「朋」，名副其實，肩並肩，通道共用，同「道」為朋，日不閉戶，當你肯與鄰翁相對飲，迅速跑過來飲盡餘杯的，可能是對面的那一位。這時候，〈桃花源記〉的意境油然而生，乃不知有身分，更不論考試放榜了。

轉到另一邊，時代裝飾了棚屋，鍍之以金，幸好仍然有夢。艷陽當空，鋁板的圍牆，使人有夏天浸溫泉之感。僅予輕撫，想像不到的熱情回應如透心肺，不是絕緣體，還是不要執着啊！雖然汗滴腳下土，但空調之設，十室無一，吉屋來風，其來有自，雖非滄海，到底有水。心想，偶爾旁觀就好，長遠怎可能在這裏熬下去？無他者，心靜能定，定而後能涼。城市人問誰與歸？只有同來的人殊途同歸吧，恐怕沒有大澳人願意陪我們出市區，因為山水這邊獨好。

「這邊有點像西湖的某個角落。」我說。

「我認為更勝西湖！」關生說。

風景在各人心裏，各自無言，但讚嘆同一。

漁民在棚屋找到了安全感，我卻因為安全感而迅速跟回大隊。繼續，抬頭斜望，不遠處是座英俊的山，輪廓分明，左右像垂直的象鼻，鬆上均勻的綠，間有三數點茶色的小土堆，略顯蒼冷，卻又未至於禿，像淡淡幾處無傷大雅的歲月跡。山有情，脈脈如語，卻最怕遇上不解風情的愚公。我看青山多嫵媚，青山看我呢？未必如是吧，可會嫌我揹着城市的癡肥？此時，一個紅衣人從山腳登山，份外明眼，特立獨行，大有高山仰止，景行行止的英姿，對於想着明天還要做工作報告的我，直頭就是身未能至，心嚮往之。

在漁村逛了一圈，又重回市集。大澳有骨氣，遍尋不見麥當勞，如果有，賣的應該也是蝦醬漢堡。時到午餐，當要找一家飯館體驗飲食文化，我們十五人圍坐，點了蝦膏炒飯、鹹魚肉餅、四季豆、蝦醬鮮魷、瑤柱水蛋……文化交融，少不免配幾罐可樂。大澳的可樂很新潮，紅底白字，印着「GAG王」，我本來打算與同學談談寫景重點，話到嘴邊，便又不敢說下去。

飯後又逛了一會。三點在巴士站集合，還有一個多小時，再逛逛吧？

「找一間餐廳坐坐，殺殺時間」，一些人和議，另一些人不同意。壁壘分明，不同意的，全是年輕人。

「餐廳一定要有空調」，我補充說。

他離開他回來

二十五年前，他一百三十三磅。現在，他一百五十八磅。這段時間他驟增二十五磅，啊不，換另一句話的效果也許不一樣，他每年循序漸進，只增加一磅。

二十五年前，同一個地方，同一所學校，一個懵懂的中五生，正為能不能升讀原校而煩惱。他只有一科中文最有把握，願望是回母校當中文老師，模仿恩師的文采與瀟灑，其他同學發呆時做的夢，和他不一樣。

現在，穿不下校服的這個他，看着眼前一個個穿起白衣藍褲擦身而過的學生，忽然看見自己二十五年前的樣子，像對照一個時光鏡。這二十五年間，他穿越了本來沒辦法逾越的距離。他的肉身與智慧，隨歲月沉澱，只是當年的懵懂少年，仍不時會冒出頭來。

從台下走到台上，從接收到分發，中間飄着春風，灑着細雨，還有斷續的幾聲咳嗽。日前他去了第一年教書的某位學生的婚禮，這個學生當年搗蛋，與老師抬槓，恰如二十五年前的他。看見學生找到幸福，彷佛他就能收回一份最好的答卷。

那是最讓人難忘的第一年，沒有經驗，只有理想的這個他，碰了一鼻子灰，就像是學生、上司、同事、家長約定一起來考核他。他疲累、軟弱、無助、孤獨，居然想放棄。

「回來這裏，不是你的第一志願嗎？」是的，回想二十五年前，他拿走了一本人生秘笈，此後必須盡力施展各種招數作為回報。傳甚麼道？授甚麼業？解甚麼惑？他一時也很迷惑。然而，時間總是在若有所得又若有所失之中如搖晃的沙漏，會在適當的時候毅然充當調解員，寬慰寂寞和掙扎。

他像個努力打掃回憶的人，等待訪客。有時是學生，有時是同學，談一些憂心的事，說一些無聊話，眼前的球場，曾經收集過他的汗水與淚水，此時哨子聲響，站在離觀眾席更遠的他，躍躍欲試，「想當年，這個位置，我早就窄位抽射」，他說。「阿 sir，我們記得，問題是入還是不入而已……」「哈哈哈，春風應解楊柳意」，他補充。

沒有人會提起，當年做過甚麼功課，只知道就是這一個熟悉的地方，熟悉的人，從相遇時的緣份點一直延伸。二十五年了，歲月取去原屬於他的一些東西，又還給他一些原不屬於他的東西，直至他不再在意磅數。

「二十五年後，我退休了，如果我回來這裏，不知道還有沒有人認得我？」他忽然感慨起來。

「老師，就這樣約定吧，我在母校正門等您。」一位老師恰巧從走廊走過，他是他以前的學生，現在的中文科同事。

後記：我做了中文老師

每次校對書稿，來到〈後記〉，總是憂喜交集，喜的是可以再一次拿住作品，自我陶醉。憂的是失去出書前的自信，像這本抒發一己之見的書，真的有人會看？甚至掏錢去買？看完之後會柴台嗎？

很早就把書名定為《我要做中文老師》，有點激動，也有些晦氣，做老師難，做中文老師更難。一九九四年三月十七日，中七文學課後，我把紀念冊交給何福仁老師，老師贈言：

中國哲學家裏，我尊敬的是孔孟，喜愛的反而是莊子，前二者有點叫人敬而遠之，後者，反而是本質的感到親切接近。那是一種旁觀，欣賞自然、生命的態度。但教書，卻叫人劍及履及，要介入，要熱情，要關心。這年代，教育這事業，尤其是中文教育，跡近不可為，必須明知其不可為而為之，非勇於承擔，願意犧牲的年輕人不可。

重看老師的贈言，我仍能感到文字用於鼓勵而生出的深度與力度。短短幾句，對我影響多年，何老師大概也不會為意吧！他寄語的這個年輕人，已經做了二十年中文老師，不年輕了。《我要做中文老師》，希望鼓勵另一批年輕人承傳薪火。「知其不可而為之」，「勇於承擔」。做中文老師很辛苦，但浪漫而有意義。做一個中文老師，我不後悔。人心不死，文學不死；時間會過，但人情不老。

最後，我想借此感謝用心栽培蒲葦的幾位中文老師，包括我小學的魯士喜老師、初中的蔡傳恆老師、高中的張億德老師、盧廣鋒老師及何福仁老師，他們皆曾為我的班主任，讓我一直看到中文科老師的風采和愛心。能夠成為中文老師，蒲葦由始至終深感榮幸。

感謝蔣慧瑜小姐百忙中惠賜序言，她的努力，她的寫作成就，一直是我學習的榜樣。感謝天地圖書各位朋友的包容及愛護，此書得以出版，非關作者水平，而是一眾有心人對中文教育的支持。期望拋「書」引玉，讓更多中文老師參與出版，表達意見，也希望更多年輕有為的學子願意加入中文教育，並把中文的樂趣、情意帶到課室內外。

我們各自努力，但同為中文科喝彩。

www.cosmosbooks.com.hk

書　　名　我要做中文老師
作　　者　蒲葦
責任編輯　王穎嫻
美術編輯　何志恆
出　　版　天地圖書有限公司
香港黃竹坑道46號新興工業大廈11樓
電話：2528 3671　傳真：2865 2609

香港灣仔莊士敦道30號地庫（門市部）
電話：2865 0708　傳真：2861 1541

印　　刷　亨泰印刷有限公司
柴灣利眾街德景工業大廈10字樓
電話：2896 3687　傳真：2558 1902

發　　行　香港聯合書刊物流有限公司
香港新界大埔汀麗路36號中華商務印刷大廈3字樓
電話：2150 2100　傳真：2407 3062

出版日期　2020年8月／第二版
2017年7月／初版

ISBN : 978-988-8258-06-2